マドンナメイト文庫

寝取られ巨乳処女 淫虐のナマ配信

葉原 鉄

目次
contents

寝取られ巨乳処女　淫虐のナマ配信

第一章　狙われた巨乳美少女

自分は凡庸《ぼんよう》な人間だと正志《まさし》は知っている。

通っている高校は学区内で三番目の進学校。成績は中の上。日本史は得意だが理数系がやや弱い。運動神経は並。球技はそこそこで徒競走は苦手。

休み時間には友だちと机を囲んで談笑する。ＰＣのシューティングゲームについて熱論を交《か》わすこともあるが、取り立てて変わった趣味でもない。

（でも、まあ、凡庸でも幸せなことはあるよな）

休み時間にスマホが振動したことが幸せの予兆《よちょう》だった。ＳＮＳアプリのＬＩＭＥに画像が届いたらしい。ピンと来て席を立った。

「ちょっと便所いってくる」

「またか？　沢野《さわの》ってトイレ近いよな」

「頻尿《ひんにょう》ってやつ？　泌尿器科いけよ」

「うるせ」

笑いながら男子トイレへ向かう。個室に入って鍵をかけ、スマホを取り出した。

ＬＩＭＥを開く。

〈まーくんの大好きなヤツです〉

絵文字でデコレーションされたメッセージの次に、写真が表示された。

背景は正志とおなじくトイレの個室。サニタリーボックスのある女子トイレ。

画面中央に映っているのは当然、女の子だ。

ブレザーとブラウスをはだけさせ、白く豊かな胸元を覗《のぞ》かせている。

小さな花々の描《えが》かれたブラジャーが可愛らしくて、正志はドキリとした。鼓動《こどう》の高鳴りが幸せを実感させてくれる。頬をゆるめて返事をしたためた。

〈学校でそんなことしちゃダメだぞ〉

〈嬉しくなかった？〉

〈すごくドキドキした〉

〈やったあ！〉

可愛いカノジョが自分だけに素肌を見せてくれる。男にとってこれ以上の幸せがあるだろうか。顔がにやけないよう、ことさら険《けわ》しい顔でトイレを出た。

ちょうど隣の女子トイレから見知った顔が出てくる。

「沢野くん、どうしかしたの？　そんなしかめっ面《つら》をして」

「なんでもないよ、桂《かつら》さん」

桂優乃《ゆうの》は目を細めてやんわり笑った。小首をかしげるとストレートロングの黒髪がしなやかに揺れる。高山のせせらぎのように清楚《せいそ》で爽やかな女子だった。

「お腹の調子でも悪いのかしら？」

「本当に平気だよ」

「そう？　ならよかったです」

正志は教室に入ると優乃と別れ、友人たちの待つ自席に戻った。

「なんで桂さんといっしょに帰ってくるんだよ」

「なんでもなにも、ただ廊下で会っただけなんだが」

「でもふだんからよく話してないか？」

「クラスメイトだし顔あわせたら話ぐらいするだろ」

嫉妬《しっと》の視線にうんざりとため息を返す。

桂優乃はクラスのマドンナだ。容姿端麗《ようしたんれい》、成績優秀、運動神経抜群。男子人気だけでなく女子内ヒエラルキーも最上位。友人も美人ぞろい。それを鼻にかけるでもなく、だれにでも気さくに接するのも人気の秘訣《ひけつ》だろう。

「桂さんってスタイルいいよなぁ。水泳のとき、くびれエグかったぞ」

「胸がな、デカいよな。思いっきり触りてえなあ」

「ああ、スタイルのいい女をカノジョにしてえ……幸せになりてえ」

正志は友人たちの猥談に加わらず、つまらなさそうな顔でスマホをいじった。いくら小声とはいえ、まわりの女子に聞かれたら白眼視《はくがんし》確定だ。

「なあ、沢野も巨乳カノジョほしいよな？」

巻きこんでほしくないので、ぶっきらぼうに「べつに」と返した。

放課後、正志はアルバイトに向かった。

学校と自宅の中間ほどに位置するファミレスである。

制服に着替えて厨房《ちゅうぼう》に入る。正志は調理を任《まか》されることが多い。と言っても冷凍食材を温めたり、油物を揚げたり、盛りつけたりなど、簡単な作業ばかりだ。鉄板などを使う本格的な調理は仕事に慣れた先輩や正社員の役目である。

「オーダー入りました。お願いします、沢野くん」

カウンター越しの涼《すず》やかな声。朗《ほが》らかな笑みの桂優乃がいた。

彼女は二カ月前からバイトに入り、その容姿と気性《きしょう》から接客を任されている。彼女目当てに来ている客もいるぐらいだ。

「ああ、桂さんもがんばって」

正志の返事は学校にいるときよりも明るかった。美人に話しかけられて気をよくするのは男のサガだし、この場には口さがない友人もいない。

「こっちもオーダーよろしくー」

男性バイトの五十嵐《いがらし》が退屈そうな口調で言ってきた。根元の黒い金髪や吊りあがった目、歪《ゆが》んだ厚い唇などが、どことなく攻撃的に見える。

かと思えば、隣の優乃には愛嬌たっぷりの笑みを向ける。

「なあ優乃ちゃん、バイトあがりどうよ？」

「どうよって、なんでしょうか？」

「いっしょにゴハン食べようよ、美味しいとこ知ってるからさ。奢《おご》るよ」

五十嵐は優乃にぐっと顔を近づけた。表情こそ笑顔だが、上背《うわぜい》があって肩幅もあるので威圧《いあつ》感がある。おそらく身長百八十センチは下らないだろう。付け加えるなら大学生なので年齢も上。

しかし優乃はひらりと身をかわして、カウンター越しの正志に向きなおる。

「九番の生姜焼き定食まだ？」

「はい、あがったよ」

正志が出した料理を受け取ると、優乃はウインクをしてホールに出た。

「あーあ、フラれちまった」

五十嵐はさして気にするでもなくスマホをいじりだした。客と正社員の目が届かないところで怠慢《たいまん》するのが彼の流儀である。

「あー、優乃ちゃんハメてえなあ。おっぱい揉みてえなあ」

あまり関わりたくない人種なので、正志は無言で仕事に従事《じゅうじ》した。

アルバイトは夜九時をまわって終了した。

「お疲れさま、沢野くん」

「お疲れ、桂さん。帰り道に気をつけて」

「後ろから変なのがついてくるかもしれないからね」

裏口から出て表にまわる際、優乃は窓から店内をちらりと眺《なが》めた。五十嵐が別人のように丁寧な態度で接客している。

「裏表がありすぎてちょっと恐いよね、あのひと」

「わかる、俺もあのひと苦手」

ふたりは笑いあってそれぞれの家路《いえじ》に就《つ》いた。

バイトを通じてクラスのマドンナと仲よくなれたことは嬉しい。

が、それは正志の求める幸せの形ではない。

幸せは帰り道のコンビニ前にちょこんと立っていた。

袖余りのパーカーにミニスカートと黒タイツを身につけた、小柄な少女だ。

彼女は正志に気づくと顔を輝かせ、口の高さで小さく手を振る。

「まーくん、まーくん！　お帰りなさい！」

カカトを上げ下げして小さく跳ねれば、体の中央で大きなものが揺れる。

背丈はランドセルが似合いそうなほど小さいのに、胸が大きい。

顔立ちは黄色い通学帽が似合いそうなのに、バストがとびきり大きい。

油断するとそこに視線を向けてしまう。正志は目を閉じてコホンと咳払いした。

「こんな時間にこんなところで待つなんて不用心だぞ」

「危なかったらコンビニに逃げるから平気。バイトに吉田《よしだ》さん入ってるし」

コンビニの中を見ると、自宅近所に住んでいる女子大生がレジに入っていた。

「でもほら、こんな時間だと宇宙人に誘拐されるかもしれないぞ？」

「もう、まーくんっ！　宇宙人に怖がってたの昔のことだよっ」

「わかったわかった。ほらいっしょに帰るぞ、桃花《ももか》」

ふたりは手をつないで歩きだした。

年の差は三歳。初々《ういうい》しくも甘酸《あまず》っぱい恋人同士の時間だった。

横に並ぶと桃花の頭は正志の顎《あご》にも届かない。握った手は一方的に包みこめそうなほど小さい。もはや高校生と中学生どころか大人と子どもの体格差だ。正志の身長はおおよそ学年平均だが、桃花は学年で一番小さいという。

体格だけでなく顔立ちも幼げである。目はまん丸で、鼻はやや低め。口は小さく、頬の輪郭が柔らかい。ボブカットの黒髪も子どもっぽい印象を強くする。

「ね、まーくん……あの画像どうだった？」

桃花は頬を赤らめ、すこし早口に語りかけてくる。興奮している様子だった。

「ビックリしたよ。教室で開かなくてよかった」

「ドキドキした？　……しなかった？」

「メッセージ送っただろ」

「ちゃんと口で言ってほしいの……ダメ？」

身長差で自然と上目遣いになりながら、目はほんのり泳いでいた。興奮の内訳は後悔と期待が三対七といったところか。

「……めちゃくちゃした」

「やったあ、えへへっ！」

学校で送られてきた画像は桃花からのものだ。

幼げな桃花の体で唯一、大人顔負けに育っているのが胸だった。

ゆったりしたパーカーでも隠しきれない豊かな膨らみが、そこにある。

「恥ずかしくないのか？」

「恥ずかしいけど、まーくんならいいよ」

桃花は正志の顔と手を交互に見くらべると、すう、と深呼吸した。

ぎゅ、と腕に抱きついてくる。

正志は腕を挟みこむ柔らかな肉感に言葉が出ない。

「まーくんのえっち」

恥ずかしがり屋なくせに小悪魔な態度がたまらなく可愛らしかった。


自宅に帰るとダイニングテーブルにふたり分の食事があった。

片方は正志の、残りは桃花のものだ。両親はいつもどおり先に食べたらしい。

正志は手だけ洗うと席に着いた。

向かいに座るのは桃花。顔が真っ赤だった。先ほどまで大胆に迫っていたことが、いまさら恥ずかしくなったのだろう。煮物に箸をつける手つきも鈍《にぶ》い。

「あの……おばさん、いつもすいません」

桃花はリビングのほうに小さく会釈《えしゃく》した。

沢野家の母はソファに座ってテレビを見ながら、手をひらひらと左右に振る。

「いいのいいの、桃花ちゃんは半分うちの子なんだから」

桃花は幼いころから沢野家で週に最低二回は夕食を食べる。両親が共働きで忙しいので、正志の母が面倒を見ることにしたのだ。

「正志なんかのためにお腹空《す》かして待ってくれるなんて、いい子に育ったねぇ」

「なんか呼ばわりは酷《ひど》いだろ、俺だってバイトがんばってるんだし」

「そうね、デートで奢ってあげないといけないしね」

正志と桃花はうつむいて黙々《もくもく》と箸を進めた。

ふたりの関係は両家公認である。節度を保《も》って付き合うかぎりにおいて親は口を出さない。つまらない囃《はや》したては頻繁《ひんぱん》に飛んでくるけれど。

ふと正志の膝がくすぐられた。

向かいの桃花が脚を伸ばし、指先で触れてきたらしい。

「なに？」

「おいも美味しいねー」

まったく無関係な話題を出しながら、膝をくすぐってくる。子どもっぽいイタズラも微笑《ほほえ》ましい。

食後、ふたりは二階にあがって正志の部屋に入った。

ふたりきりになると、もう我慢できない。

正志は年ごろの男だし、桃花も見た目と違って好奇心の強くなる時期だ。

「桃花……」

「まーくん……」

ベッドに隣あって座り、見つめあう。

正志は自然と桃花の肩を抱いた。レモンほどのサイズもなさそうな握り心地だ。

他方の手を頬に添えれば、赤ん坊みたいにふんわり柔らかい。

なによりも匂いがいい。ほんのり甘酸っぱい、少女特有の媚香。

「まーくん、またにおい嗅いでる……？」

「あ、ごめん、つい」

「先にシャワー浴びとけばよかったかな……」

目を逸《そ》らしてもじもじと身をよじる様も可愛らしい。

昔から可愛い女の子だとは思っていた。そんな彼女に別種の興奮を覚えるようになったのはいつごろからだろうか。

（……ぶっちゃけ胸だな）

小学校高学年から桃花の胸は急速に発育しはじめた。自分によく懐いている少女が、部分的ながら「女」になっていくのだ。意識せずにはいられない。

「桃花……その、ええと」

「なに、かな」

「……かわいいなって思って」

体だけが目的ではない。耳まで真っ赤になって照れる彼女がいとおしい。

その気持ちをこめて、優しく髪を撫でる。

「うぅ……まーくん……」

桃花は羞恥《しゅうち》のあまり言葉に詰まっていた。根本的に内気な性格なのである。心を開いている正志に対しても、ふとした拍子《ひょうし》に萎縮《いしゅく》してしまう。

だが、その緊張はけっして悪いものではない。

緊張すればするほど胸が高鳴り、体が熱くなっていく。

触れあった桃花の体が熱っぽくなると、正志も連鎖的に昂揚《こうよう》した。

「桃花、顔あげて」

言いながら、顎に手を添える。力をこめなくとも桃花の顔が自然にあがった。目をぎゅっと閉じている一方、唇はほんのすこし開いている。

引き寄せられるように、正志は唇を重ねた。

「んっ……」

唇を優しく食《は》むと、桃花の体が軽く震える。何度か食むと、彼女からも甘噛みを返してきた。ハムスターみたいに小さな歯がわずかに食いこんで心地よい。

ちろ、と舌が差し挟まれてきた。先っちょだけ控《ひか》えめに、唇をなめる程度に。

年下彼女の精一杯のアピールを無下にはできない。

「れろっ」

「んんんッ……！」

正志は大胆に舌を絡めた。サイズが違いすぎるので、労《いたわ》るように優しく包みこむ。

ゆっくりさするだけで唾液の泡が弾《はじ》けて水音が鳴った。そのたびに桃花は恥ずかしくて破裂せんばかりに身震いをする。

（ああ、桃花、かわいいなぁ）

もっと激しく貪《むさぼ》りたい気持ちはある。が、傷つけたくない気持ちもおなじぐらい強い。だから必死に自制して、手で触れるのも性的な部位をあえて避けた。

肩から腕をさすり、手を握る。細く小さな指を一本一本愛でるたびに、焦《こ》げつくような衝動が湧《わ》いた。

「まーくん……」

桃花は口を離した。甘い吐息《といき》がおたがいにかかる距離で話しかけてくる。

「もっと……いろんなとこ、触りたくない？」

自分で言っておいて、恥ずかしさにうつむくのが彼女らしい。

だがその手は口より大胆に動き、正志の胸板や太ももを撫でている。

「うん……触るよ」

正志はゆっくりと手を広げ、生唾を飲みながら、桃花の胸に触れた。手のひらに収まらないほど大きい。持ちあげたわけでもないのに重たく感じる。子どものように愛らしい他の部位とはまるで違った。

やんわりと指を曲げると、どこまでも沈んでいく。ほんのり押し返す弾力もたまらない。油断したら力いっぱい揉み潰してしまいそうだ。

「まーくん……おっぱい、好き？」

恥ずかしがりのくせして小悪魔的な上目遣いでドキリとさせてくる。

「……うん、桃花のおっぱい、好きだよ」

「えろえろだね、えへへ」

くすぐったそうな笑い声も正志は好きだった。

「桃花は胸を触られて嫌じゃないか？」

「嫌じゃないよ……だいじょうぶだから、好きなだけ揉んでね」

「わかった、じゃあ遠慮なく」

手のひらの角度を変え、乳房を下から持ちあげる。ずっしりと重たい。

すこし指の力を強くすれば、水風船のように形を変える。感触的に今日の下着はワイヤーの入っていないスポーツブラだろう。たぶん、最初からこうなることを想定している。期待していたと言ってもいい。

「ん、ふぅ……うう、あぁ……」

桃花の吐息が熱っぽくなっていく。

同期して、彼女の両手が正志の股に這《は》い寄ってきた。そっと触れて感嘆《かんたん》する。

「ズボン越しなのに、熱い……」

「桃花の胸触って興奮してるんだ」

「うれしい……」

何度か股間をさすったかと思えば、にぎ、にぎ、とズボン越しの強《こわ》ばりを握る。

「硬い……えへ、まーくんすっごいえっち」

「あ、ああ、桃花に触られると気持ちいいから……」

「直接……いいかな？」

正志は吐息まじりに「うん」と答えた。

「じゃ……出すね」

桃花は嬉々《きき》としてファスナーのつまみを下ろした。社会の窓からトランクスを下ろすところまで動きに澱《よど》みはない。いままで何度もしてきたことだ。

硬直《こうちょく》した逸物を取り出す手は丁寧にして大胆。

「出てきちゃったね、まーくんのおち×ちん。よしよしして、いいよね？」

返事を待たずにペニスをしごきだす。桃花は興奮が高まると好奇心が気弱さを上まわるのだ。中学生ともなれば異性の体に興味がないほうが珍しい。

「あっ、ああ……！　桃花、桃花……！」

ちいちゃなお手々が仮性包茎の皮越しにカリ首を擦《さす》っている。すでに先走りが漏れるほど勃起していたので、腰が抜けるほど気持ちいい。

「お、俺も、触っていいかな……！」

「いいよ、まーくん……好きなとこ触って」

許可をいただいたので、正志は遠慮なく触ることにした。左手は胸を揉みながら、右手を太ももに置く。タイツのなめらかさをたどり、ミニスカートの中に滑《すべ》っていく。かすかに蒸れた脚のあいだで、突き当たりに指先が当たった。

「はっ……！　んっ……」

「ごめん、痛かったか？」

「だいじょうぶ……だから、まーくん」

桃花はやはり上目遣いだが、小悪魔というよりすがりつく子犬のようだった。

正志は乞《こ》われた気分で突き当たりを縦になぞった。

「んっ、んんっ……ぁあ……あっ……まーくん、まーくんっ……」

あどけない声が一オクターブ高くなり、鼻を抜けている。

彼女の股は心なしか湿《しめ》っていた。

パンツとタイツ越しだが、そこに女の子の大切な部分がある。軽く擦っただけで声が甘くなる。そしてまた湿り気が増した。

「桃花もここ熱いぞ」

「まーくんも、んっ、はあッ……熱いよ……」

たがいに夢中だった。

相手の大切な部分に触れ、こすり、快感に身を震わせる。

愛しあう童貞と処女は他愛《たあい》なく限界を迎えた。

「出るッ」

「いくっ……！」

腰を激しく痙攣《けいれん》させて、股から広がる快感の波動に身を委《ゆだ》ねる。

びゅ、びゅ、と飛び出す白濁を、桃花はとっさにティッシュで受け止めていた。

彼女の股からにじみ出たエキスは正志の手をかすかに濡らすだけだった。

事後、ふたりは言葉すくなに衣服を正した。

汚れたティッシュはコンビニ袋に入れてきつく結ぶ。

桃花ははにかみ笑いで自宅に帰っていった。

「はあ……またやっちゃったな」

正志はぼんやりと充実感を味わう。

可愛らしい恋人と触れあい、射精する。なんて幸せなのだろう。

でも――と、心の隅で欲深い自分がぼやく。

(できれば、最後までやってみたいなぁ)

まだ中学生の彼女と一線を越えるわけにはいかない。射精できただけでも充分すぎるほど幸せだから、年長者として我慢しなければ。

などと考えていると、窓ガラスにコツコツと虫がぶつかるような音がした。

隣家《りんか》の窓から小石が投げつけられている。いつものことだ。

「どうかしたのか、桃花」

窓を開けて向かいの窓の恋人と顔を突きあわせる。ついさっきまでペッティングをしていたが、この距離感での会話も不思議な気安さがあって正志は好きだった。

桃花にしても、おなじ部屋にいるときより大胆になれる節《ふし》があった。

「あのね、あのね……さっきの、すっごく気持ちよかった」

「ああ、うん。俺もよかったよ」

「でね、でね、私ね、あのね……まーくんなら、もっとえっちなこと、しちゃってもいいから……!　全然OKなので、いつでもよろしくお願いします!」

言うだけ言うと、桃花は逃げるように窓を締めてカーテンを引いた。最後のほうは消え入りそうな声だったので、やはり恥ずかしくなったのだろう。

正志も窓を閉じた。

「もっとえっちなこと、か」

小さくも大きな恋人との卑猥な行為を想像するだに股間が再隆起する。

その夜、正志はオナニーで二回射精した。


桃花とすごす時間が幸せだった。

登校時間をあわせ、バイト帰りにコンビニで合流し、家で食卓を囲む。休日にはデートをすることもあった。ショッピングや映画鑑賞、ときには家に籠《こ》もって対戦ゲームで白熱する。それだけでも充分に幸せだと思う。

ただ、昂《たかぶ》るのはやはり性的なことである。

自室でのペッティングはもちろん、自撮り画像を送られてきても嬉しい。

〈えっちなまーくんにプレゼントだよ〉

そんなメッセージとともに送られてくるのは、七割が巨乳アピール。残り二割は脚とパンツ。稀《まれ》に限界までパンツをずらしていることもあった。ちなみに陰毛は一本も生えていない。そんなところも子どもっぽいのだ。

ただ、肝心の秘処そのものはまだ見ていない。

それを見るのは本当に結ばれるときだと心に決めていた。桃花にもそう話している。自分の逸物は見せてしまっているのでアンバランスな取り決めではあるが。

(ちゃんと一線は引かないとな)

一線を越えてしまうと、おたがい他が見えなくなってしまう。親からもそれとなく注意されていた。せめて受験が終わるまでは忍耐《にんたい》のときだろう。

無分別な女遊びなど忌避《きひ》すべきものだった。


ある日のこと、ファミレスのバイト中に違和感を抱《いだ》いた。

桂優乃と五十嵐照吾《しょうご》が親しげに談笑していたのだ。

「もう、本当にダメですよ。嘘ついてお酒飲ませるのは」

「いやいや嘘じゃないよ。黙ってただけで」

「もう飲みませーん。未成年ですからね、私」

「俺は中学から飲んでるけど」

「不良は嫌いです、うふふ」

言葉と裏腹に優乃の表情は朗らかだった。ふだんとくらべて声がすこし高い。

違和感があるのは、彼女が五十嵐に顔も体も向けていることだ。

つい先日までは顔すら背《そむ》けていたというのに。

「お、お客さん入店じゃね？」

五十嵐は優乃の視線がホールに向かった隙に、腕を不自然に動かした。優乃が小さく悲鳴をあげる。正志からはカウンターの陰になっている場所で、なにかあった。

「もう、変なところ触らないでくださいっ」

優乃は口を尖《とが》らせ、五十嵐の胸を平手で叩いた。本気で怒っているわけではないらしく、すぐ笑顔になってホールへ踏み出す。

状況が理解できず困惑《こんわく》気味の正志に、五十嵐がにやけ笑いを向けてきた。

「食ったぜ」

彼はカウンターの横を通って近づいてくる。中肉中背の正志にもたれかかるように肩を組み、逃げられなくしてスマホを見せつけてきた。

SNSが表示されている。TWEETERだ。個人間のやりとりが主軸のLIMEに対して、不特定多数に呟《つぶや》きを晒《さら》して好奇の目や賛同を集めるのが主な趣向《しゅこう》。

〈処女マンGET！　初パコで中イキしまくる雑魚《ざこ》ま×こでした〉

下品きわまりないテキストの下に、肌色の絡みあう動画が添付されていた。

五十嵐がタップして再生すると、肌色が激しく蠢《うごめ》きだす。

流れ出す音声は激しい息遣いと、鼻にかかったうめき声。

『あっ、あッ、あああッ……！　またイッちゃうっ、ダメっ、だめえッ』

女の顔は上半分にボカシがかかっている。

口元や髪型は桂優乃のものだった。

「パコっちゃいましたー。へへ、ちょっと酒飲ませてラブホ連れこんで一発」

「それは、ええと……無理やりってことで？」

「結果オーライってやつな。優等生ほど中イキで即堕《お》ちすんだよ、ウケるだろ？」

「即堕ちって、じゃあ、終わったあとは……」

「ラブラブいちゃいちゃよ。フェラも覚えさせたから、アカウントフォローよろしくな。検索ワードはショーくん、オフパコ、デカチン」

五十嵐は悪戯《いたずら》小僧のように無邪気な笑みを浮かべていた。


正志は帰宅して夕食を摂《と》り、宿題をしている最中も思考が定まらなかった。

思わずスマホを手に取り、気がつくとTWEETERを見てしまう。

ショーくん、オフパコ、デカチンでユーザー検索。「ショーくん」を発見。

いわゆる裏アカだ。女性との性行為を撮影し、画像や動画を投稿している。優乃ばかりか多くの女性を取っかえ引っかえ味わっているらしい。

「こんな……ヤリチンっていうの、地球上に実在してるんだな」

正志にとっては完全に知らない世界だった。モテる男子なら学校にもいるが、下半身事情まで掘り下げて聞いたことはない。まるで宇宙人の生態を見せつけられているようで、現実感がまるでなかった。

驚くべきは無数の裏アカ女子が群《むら》がっていることだ。

「セックスが上手《うま》くて、デカいから……？」

女たちは我も我もと行為を求め、選ばれた者が新たな動画に出演する。獣のように鳴き、痙攣が止まらなくなり、潮を噴く者も多々《たた》いた。

テクニックに長《た》けているだけでなく、逸物も大きい。ボカシでわかりにくいが、中程度の正志より一まわりは確実に大きいだろう。

股間だけでなく全身が筋骨隆々《きんこつりゅうりゅう》である。スポーツをやっているというより、ジムで鍛《きた》えた体つきだった。バイト中は着やせしているとすら感じる。

「俺ももっと筋肉つけたほうがいいかな」

ペニスのサイズはどうしようもないとしても、筋肉なら鍛えればつく。鍛えた体で、桃花を動画の女たちみたいによがらせられるとしたら――

「バカバカしい。そういうのは少しずつ育《はぐく》んでいくのがいいんだ」

ぼやきながらも、正志はついTWEETERのサブアカウントを作り、ショーくんをフォローしてしまった。出来心である。

後日——正志は自分の出来心を激しく後悔することになる。


あるとき、ショーくんが一枚の画像を投稿した。

ひとりの少女が歩道を歩く姿を横から写したショット。

首から上は画面外にはみ出していて見えない。身につけているのはゆったりしたパーカー。ミニスカートから伸びた脚は黒タイツに包まれている。細い脚だった。対比物がないので断言できないが、おそらくはかなり幼げな体型だろう。

子どもにしか見えない体つきで唯一、例外があった。

規格外に膨らんだバスト。


〈すっげぇロリ巨乳ちゃん見つけました。一カ月以内にいただく予定〉

第二章　悪夢のハメ撮り動画

「最近ヘンなことはなかったか？」

休日、桃花の家にあがりＴＶゲームで対戦している最中のことである。

唐突《とうとつ》な質問を抑えられなかった。気が気でなかったのだ。五十嵐が裏アカで「ロリ巨乳」にターゲットを定めたと知ってから。

（顔は見えなかったけど、体つきはそっくりだった）

桃花にかぎって軽薄《けいはく》な男に騙《だま》されたりしないと思いたい。

だが五十嵐は未成年に酒を飲ませて強引に抱くような卑劣漢《ひれつかん》である。強引な手口で迫られたら、気弱な桃花は抗《あらが》えないかもしれない。

「なんすか沢野さん、ヘンなことって」

先に答えたのは沙奈《さな》。桃花の親友で、ポニーテールに切れあがった目が涼やかな女の子だ。クラスで桃花の次に背が低いらしく、そうとうに小柄である。胸が平たいので桃花より幼く見えることもあった。

「いや、最近ちょっと、変質者の噂とか聞くから」

「あー、学校でも言ってた！　女装してパンツ見せてくるおじさん！」

「私は見たことないけど……パンツ見せられたらどうしよう」

「桃ちゃんはあたしが守るから！　あたしがいないときは沢野さんが守ってよ！」

沙奈は目を糸にして少年のようにニッカリ笑う。男勝《まさ》りの気質にスポーツ万能で、制服スカートの下にジャージを穿《は》くタイプだ。気弱な桃花とは対照的だからこそ気があうのだろう。彼女であれば桃花を任せられる。

正志の懸念《けねん》は自然と薄れていた。


ある日のこと、正志のバイト現場は不慮《ふりょ》の事態に見舞われた。

従業員が予定より二人足りないのだ。

正志はホールと厨房を慌ただしく行き来して接客と調理を並行する。地域マネージャーが助っ人《すけと》にやってくるまで一息つく間もなかった。

「はあ……ドタキャンの片割れは五十嵐くんかあ」

マネージャーは三十がらみのスマートな男性だった。繁忙《はんぼう》時でも口調の柔らかい温《おん》厚《こう》な人柄だが、このときは溜め息にいら立ちが混ざっていた。

「あの、五十嵐さんがどうかしましたか？」

「ああ、いや。もうひとりのドタキャン、桂優乃さんってあの綺麗な子だよね？」

「そのはずだけど……今日って桂さんシフト入ってましたっけ？」

「昨日ね、片山《かたやま》さんのかわりに出勤するって桂さんから連絡があったらしい。で、五十嵐くんと同時に欠勤っていうのは、ちょっと……」

マネージャーはなにかを言いかけて口をつぐんだ。

「五十嵐さんになにか問題でも？」

「うーん、これはオフレコでお願いしたいんだけど……彼、ちょっと強引にここのバイトに入ったんだ。家がけっこうなお金持ちで、そのコネを使ってね」

「わざわざコネでバイトに……？」

「そう思うよね。しょせん地方チェーンの一店舗だし。しかも正社員じゃなくてバイトなんて、ねえ。彼、女癖が悪いって噂もあるけど……」

マネージャーは明言を避けているが、正志はピンときた。

「まさか、桂さんを落とすためにコネを使ったとか……？」

「憶測《おくそく》だよ、証拠はないし」

馬鹿げた話だがありえなくもない。裏アカの「ショーくん」は女性との肉体関係を誇示《こじ》していた。とくに美人やスタイルのいい女性との画像や動画は嬉しげに投稿する。反響も多いのでますます気をよくするのだろう。彼にとって女性とは性欲を発散し自己顕示《けんじ》欲を満たすための存在だと透けて見えた。

「ああ、沢野くんもう退勤時間が過ぎてるね。お疲れ」

マネージャーは店長に代わって帰還命令を出した。まだまだ忙しそうだが、未成年を遅くまで拘束《こうそく》しない良識を持っているのだろう。

正志は会釈をして戦場を退《しりぞ》き、更衣室に引っこんだ。

職場の制服から学校の制服に着替えながらも、嫌な想像に思考を傾《かたむ》けてしまう。

「桂さん、あいつと付きあってはいないよな……」

五十嵐にとって優乃はセックスフレンドのひとりでしかない。もし恋人だったとしても、並行して他の女とも関係を持っている。彼女だってわかっているはずだ。それでもバイトをサボってまで五十嵐といっしょにいるのだとしたら。

「やっぱり俺には理解できないな」

正志は嫌な想像を断ち切ることにした。

着替えを終えて更衣室を出る前に、心を癒《いや》すためスマホを開く。

夕方ごろＬＩＭＥに届いた桃花の自撮り画像を見る。

ゲームセンターで沙奈とのツーショット。胸に犬のぬいぐるみを二個抱いている。

桃花はクレーンゲームが得意で、景品は必ずふたつ取って片方を正志に贈る。

「またおそろいのぬいぐるみが増えるな」

正志は意気揚々《ようよう》とファミレスを出て、いつものコンビニに向かった。

ぬいぐるみそのものでなく桃花からのプレゼントが嬉しい。すでに十個以上も部屋に飾っているし、暇なとき揉みくちゃにもしている。

だが――コンビニに桃花の姿はなかった。

ＬＩＭＥでメッセージを送るが返事はない。

「バイトが長引いたしな……今日はもう風呂にでも入ってるか」

期待のあまり忘れていたが、中学生が出歩いていい時間ではない。すこし残念だが、深く考えずにひとりで歩いていく。

返事がきたのは帰宅後、夕食を終えたころだった。

〈ごめんなさい、ちょっと体調が悪くて寝てました。プレゼント明日でいい？〉

もちろん問題はないと、愛嬌たっぷりのスタンプを添えて返信した。

食後、宿題をしてから風呂に入ると深夜になっていた。

就寝前に、出来心でTWEETERのサブアカウントを開く。五十嵐の裏アカを確認してみた。優乃との情事を見せびらかしているのだろうと思いきや、二十分前に投稿された画像は想像を上まわる代物《しろもの》だった。

〈姉妹丼おいしくいただきました！　動画は編集してまた後日！〉

制服姿の少女がふたり。顔は例のごとくぼかされている。

ひとりは正志の高校の制服。腰のくびれたスタイル抜群の美女。

もうひとりは正志が一昨年まで通っていた中学の制服。小柄であどけない。

仰向《あおむ》けで横並びの股からは、白い体液がたっぷりこぼれ落ちていた。

「待て、まてまて待て」

高校生のほうはいまさら見間違いようもなく、優乃であろう。

問題はもうひとり。中学生として見てもちいちゃくて可愛らしい女の子。

「まさか」

風呂あがりの火照《ほて》った体からものすごい勢いで汗が噴き出す。

渇《かわ》いた喉にツバを流しこみ、震える声で名前を呼んだ。

背が低ければ胸も平らな、桃花の親友が痴態を晒していた。

「……沙奈、か」


翌日、優乃は何食わぬ顔で教室に現れた。

とくに変わった様子もない。いつもの柔和《にゅうわ》な笑顔で友人に囲まれている。昨夜のことは夢だったのかと思えてくる。

「最近、桂さんちょっとスカート短くなったよな」

「私服も前よりちょっと過激になったって女子が言ってた」

正志の友人たちは声をひそめている。あまり女子には聞かれたくない話題だ。

(たしかに休日バイトにくるときは、ちょっと派手な服装かも)

以前の優乃は過剰《かじょう》な露出を避けていた。なのに先日のバイトには胸の谷間を見せるような私服でやってきた。

「男の影響ってやつかな……」

友人は悲しげな顔をしていた。クラスのマドンナが自分のものにならないなら他人のものにもなってほしくない——そんな男心も理解はできる。

しかも影響を与えたのは恋人ですらなくセックスフレンドだ。

（……沙奈もなにか変わったのかな）

中学生という多感な時期に妙な男の影響を受けたらどうなることか。

恐るべきは五十嵐だろう。優等生の姉ばかりか勝ち気な妹までたやすく餌食《えじき》にしてしまった。やり口はわからないが薄ら寒さを感じる。

正直なところ、最初に画像を見たときは最悪の想像が脳裏《のうり》をよぎった。正志にとって、その中学の制服を着ている少女と言えば沙奈でなく桃花なのだ。

──もし大切な恋人を最悪の下半身男に奪われたら。

胃を痛くしながら放課後を迎えた。

バイトのシフトがない日なので一直線に帰宅する。

自宅では桃花が待ち構えていた。

「まーくん、おかえり」

「ただいま、桃花。体はもういいのか？」

「うん、平気。これ、昨日のやつ」

桃花ははにかみ笑いで犬のぬいぐるみを渡してきた。いつもの彼女だった。

ふたりで正志の部屋に入ると、ふいに彼女が背中に抱きついてくる。

「あの、ね、まーくん……」

「どうしたんだ？」

桃花は正志の背中に顔を擦りつけ、胸や腹を撫でてくる。

「あのね、私……」

言いたいことがあるだろうに、言葉が続かない。かなり恥ずかしいことを言おうとしているのだろう。付き合いが長い正志にはよくわかる、が——。

冷静でいられるはずがない。腰のあたりにみっちり押しつけられているのだ。力を加えれば加えるほど柔らかに潰れる大きなふたつの肉房が。

「そ、そういえば、沙奈って桂さんの妹だったんだな」

緊張のあまり、正志はまったく関係ないことを口走ってしまった。

「……優乃さんのこと、知ってるの？」

「ああ、クラスもバイトもいっしょなんだ」

「ふうん……美人だよね、優乃さん」

ぎゅうっと桃花の腕に力がこもった。脇が締めつけられて、ちょっと痛い。

「まーくんも背が高くてスラッとした美人さんがいいの？」

「いや背が低い子が好きだぞ」

「沙奈ちゃんも背は低いよ」

「背が低くて胸が大きくて、ちょっと気が弱くて俺に懐いてる子がいい」

桃花は答えない。ただ、手が正志の胴体を滑り落ちていく。

股間で硬くなっている逸物を両手でさすりだした。

「好きなら……セックス、したいよね」

はあ、はあ、と彼女の呼吸が乱れていた。股間を撫でる手つきも荒々《あらあら》しい。

そこまで女に求められれば、男として応えたい気持ちは強い――が。

「もうすぐ晩ご飯の時間だぞ」

「それは……そう、だね」

母がふたりを呼ぶのはおそらく二時間後。行為をする時間はあるかもしれないが、事後の雰囲気を隠せる気がしない。

「するなら時間をたっぷり用意して、絶対にだれにも邪魔されない状況で……じゃないと、もったいないよ。だろ？」

「うん、ごめんね、まーくん……私、ちょっとヘンだった」

「俺もヘンになりそうだったよ。桃花がかわいすぎて」

「え、えへへ……そう？」

ふたりはいったん身を離し、ベッドに座って抱きあった。

体温が伝わると興奮しながらも心が落ち着く。未成年のうちはこれでいいのだと、正志は考えなおした。

けれども、桃花はどことなく不満げに声の調子を落としていた。

「早くセックスしたいよ、まーくん……」

後日、五十嵐がバイトを辞めた。

置き土産《みやげ》のように、優乃の艶《つや》やかな黒髪が赤茶けた色に変わった。

「髪？　うん、思いきってオシャレしてみたの。前はバレー部で禁止されてたけど、もう辞めちゃってるしいまさらだしね」

彼女が膝を痛めてバレー部を退部したのは昨年のことだ。バイトをはじめたのは、そのすこし後。次期エースと期待されていた彼女の心情は計《はか》り知れない。

「やっぱりバイトしてよかった。出会いもあったしね」

優乃は仕事中にもかかわらずスマホを取り出した。だれかとメッセージのやりとりをしているらしい。相手はたぶん、五十嵐だ。

優乃以上に変化があからさまなのは沙奈だった。

以前の少年的なパンツルックはどこへやら、スカートを穿きだしたのである。オーバーニーソックスで太ももを強調する男が悦《よろこ》びそうな着こなし。

「あたしも女の子だし、そろそろオシャレしないとダメな歳ごろじゃん？」

頬を染めて明後日の方向を見る。たぶん、五十嵐を想像していたのだろう。

あの最低男の残した爪痕《つめあと》はあまりにも大きすぎる。

「たぶん桂さんとも沙奈とも関係は続いてるんだろうな……」

親友が変わってしまって、桃花も心配ではないだろうか。

深夜、自宅で益体《やくたい》ないことを考えてしまう。

ついついスマホで「ショーくん」のアカウントを見てしまう。

幸か不幸か新たな動画が投稿されていた。

以前は画像だけだった姉妹丼の動画が二種類。再生せずともサムネイル画像とテキストだけで行為の内容はわかった。

ひとつは顔をボカされた優乃が口でペニスに奉仕《ほうし》するもの。

〈じっくり仕込んだＹＮちゃんの極上フェラ。勉強ができる優等生なので飲みこみが速くて、精子もごくごく飲んじゃいます〉

もうひとつは、事もあろうに、沙奈の股に極太の逸物を挿入するシーン。

〈低身長ロリ体型の合法ＪＫにずっぽり挿入！　時間かけてじっくり慣らしたので二

回目にしてアヘアヘアクメの雑魚ま×こになっちゃいました〉

添えられたテキストがあまりに下品で目眩《めまい》がする。合法ＪＫ、すなわち十八歳以上の女子高生だと言い張っているのが小賢《こざか》しい。こんな男でも最低限の法律を意識している事実がなおのこと嫌悪《けんお》感を誘った。

「ほんとに……宇宙人みたいなやつだな」

異常な性癖に圧倒されながらも、正志はその動画に激しく惹《ひ》きつけられた。

恋人の親友で、まだ中学生の女の子が、一糸まとわぬ姿で仰向けになっている。背が低いばかりか下半身の作りが華奢《きやしや》な子ども体型。局部にぼかしはかかっているが、陰毛らしき黒さは見て取れない。

「本当に沙奈をヤッたのかよ、あいつ……」

震える指が勝手にスマホを叩き、動画を再生していた。

カメラアングルは斜め上から。沙奈の体をしっかり捉《とら》えながら、ピントは結合部に合わされている。幼げな秘処を男根がゆっくり、ゆっくり、貫《つらぬ》いていく。

正志が驚いたのは、映像以上にイヤホンから流れ出す声にである。

『あっ、んっ……！　おっきいの入っちゃう……！』

甘ったるくとろけた声は活発で少年的な沙奈の出すものとは思えない。性を感じさせなかった少女が、女に変えられていく。顔見知りだからこそ異様《いよう》な臨場感《りんじょう》があって、正志の股間もいきり立った。

だが、動画に映る怒張は正志とは比べものにならないど迫力だ。恐るべきことに、凶器じみた巨根は半分ほども埋没《まいぼつ》している。

『すごい……こんなにちっちゃいのに入っちゃうんだ……沙奈、痛くない？』

画面には映っていない優乃も驚愕《きょうがく》し、妹を気遣っていた。

『だいじょうぶ……んっ、でも、なんかこれヤバいかも、ヤバっ……！　あっ、あっ、あッ、あぁッ、あぁぁ……！　ヤバすぎぃ……！』

貫かれるうちに沙奈は身を震わせ、顎をあげていく。シーツをつかんだ小さな手が強ばり、ふいに下腹が脈動した。

『あッ！　あぁあッ……！』

沙奈の声が一オクターブ高くなる。

極太が根元まで入って——ちょうどそのタイミングで動画が止まる。

〈続きのバチボコと合法中イキはこちらで〉

会員専用サイトへのリンクが貼られていた。確認してみると、月額二千円でボカシなしの長尺動画が視聴できるとのこと。

「バカバカしい、だれがそんなもの見るか」

サブアカウントからメインにログインしなおす。フォロワーは友人ばかり。彼らの投稿は食べものやゲームなど異性と無縁のものしかない。正志も同様で、性の話題はおろか中学生の恋人がいることも表に出していない。

もちろん桃花のアカウントもフォローしている。

彼女の発信する話題も正志と大差ない。強《し》いて言えば週刊少年誌や最新アニメの話題が多めだろうか。

〈さーちゃんの家でチャンプ読みそこねた〜〉

恋人の他愛ないつぶやきに、思わず不安が湧いてくる。

さーちゃんとは沙奈のアカウント名だ。そちらを確認してみると、呟きの内容は桃花と似ていた。違いと言えば所属しているバレー部の話が多いところか。

桃花とふたりで口を尖らせてピースしている画像もあった。

顔はスマホアプリで加工して身バレを防いでいる。

「いつもの沙奈、だよな……」

健全な中学生らしい投稿内容がむしろ不自然に感じられる。かつて非モテの友人が「女は隠し事が上手い」と知ったような口を利《き》いていた。五十嵐のことをおくびにも出さない器用さが沙奈にはある。彼女も女ということだろう。

ふと。視界のどこかに違和感が生じた。連鎖して記憶がうずく。

ふたりのピース写真を再確認。

目を凝《こ》らしてみると、壁に白いエレキギターがかけられていた。

「桃花の部屋じゃない……沙奈もギター弾《ひ》くなんて言ってないよな……？」

ギターが弾けるなら堂々と自慢するのが沙奈の性格だ。

第三者の部屋だとしたら、いったい何者なのか。ふたりの女友だちという可能性もあるが、どちらかと言えば男っぽい趣味だ。

「……あ」

全身に鳥肌が立った。脳裏によぎった可能性を確かめるため、うまく動かない指でサブアカウントにログイン。

タイムラインに表示される投稿をさかのぼって、ようやく見つけた。

「ショーくん」と桂優乃のハメ撮り動画を再生。

画面の背景に白いギターが飾られている。

「嘘だろ……」

声まで震えだした。

あらためて最新の動画を確認。沙奈が犯されている動画に新たな発見はない。優乃がフェラチオをしている動画も大差ない。

「……これは確認するためだ」

正志は意を決して「ショーくん」の会員専用サイトに料金を支払った。

ロックされていた動画コンテンツが解放される。

「きっと気のせいだ……」

沙奈の動画だけでも五つある。とりあえず最初の一本を再生してみた。

姉妹を並べて膣を指で愛撫するところからはじまった。

ボカシはない。ふたりの顔は紛《まぎ》れもなく優乃と沙奈のものだった。

『んっ、あっ、はあ……ちょっと、よくなってきたかも……』

最初は緊張していた沙奈も、姉を見習うようにすこしずつよがりだす。妹を気遣ったのか、その小さな胸を姉がいじって感度をあげていくシーンもあった。

二本目で初挿入――と思いきや、すぐには挿入しない。というより、まだ硬くて入りきらないのだろう。すでに処女ではなさそうだが、それでもなお小学生並の体格なのだ。五十嵐は亀頭をたっぷり擦りつけてから、指いじりに戻る。

三本目、四本目も同様の流れだが、すこしずつ挿入が深くなり、終盤には亀頭がしっかり収まっていた。

そして五本目。冒頭はＳＮＳに投稿していたものとおなじ。ただし尺が三十分もある。ペニスが根元まで入った後、五十嵐はゆるやかに腰を遣っていく。沙奈の軽い腰を持ちあげて角度を調整し、丹念《たんねん》に弱点を探るようにして。

『あっ、あっ！　気持ちいいかもッ……やばッ、気持ちいいかもッ』

沙奈の声は順調に高くなり、十分が過ぎるころにはすっかり酔いしれていた。

『あーっ！　あーっ！　あひッ、あぁッ、気持ちいぃッ、気持ちいぃぃッ』

そしてふいに腹を屈伸《くっしん》するように痙攣しはじめる。

『イックぅ……！　いっ、あああッ、やあッ、はぁああああッ……！』

起伏《きふく》のすくない体が急な発汗でぬめりだす。おそらく絶頂の証《あかし》なのだろう。

五十嵐はしばし腰を止めていたが、沙奈の痙攣が収まってから再起動する。今度はすこし激しく、より沙奈をよがらせるようにして。

『あっ、んんんッ……！　待って、いやっ……！　こわいっ、これ恐いっ！　どんどん気持ちよくなってくッ、いやッ、やあッ、ぁあああああッ……！』

そこからの沙奈は猛然《もうぜん》とよがった。一度イッたことでタガが外れたかのように。子どものような体で大人のように悶《もだ》え狂った。

最後には五十嵐のご満悦の声すら聞こえた。

『おー出る出るッ、イクイクイクッ！』

『出してっ、五十嵐さん出してぇッ……！　あたしも、イクぅううッ！』

クライマックスの同時絶頂。五十嵐は腰を引かず、最奥で射精した。

『ほら、アップで撮って。垂れてくるから』

はっと息を呑《の》む音が聞こえた。五十嵐でも沙奈でもない。横で傍観《ぼうかん》している優乃でもない。当然ながら正志でもない。

「カメラマンか……？」

カメラが結合部に近づいていく段で、ようやく正志は気づいた。

アングルからしてカメラをまわしているのは四人目だと。

ぐぽ、と逸物が引き抜かれた拍子に、ものすごい勢いで白濁があふれ出した。避妊具をつけていない衝撃を、カメラマンも受けたのだろう。けっこうな勢いで画面が揺れて、その拍子に窓が映った。

ガラスに室内の様子がぼんやり映っている。

裸の三人の他にもうひとり、スマホを持っている者がいた。顔は見えない。胸元も手とスマホで隠れている。

ただ、身につけているブレザーはよく見知った中学のものだった。


文化祭の季節がやってきた。

正志のクラスの出し物はバニー喫茶である。

バニーと言っても制服にエプロンを重ねてウサ耳カチューシャをつけるだけ。お手軽だが桂優乃に着せるだけで客寄せにはなる。

男子は基本的に裏方だ。正志も例外ではない。

「コロッケサンドできたよ、持ってって」

書き割りで仕切られた簡易厨房で調理し、ウサ耳ウェイトレスに手渡す。基本的にはホットプレートで作れる軽食ばかりなので大した苦労はない。

「意外と手際いいよな、沢野って」

「まあ、バイトでこういうの多少はやってるし」

「女子ウケ狙いか？　料理できる男はモテるってヤツか？」

「さあな」

「なんかおまえ、最近テンション低くねえか？」

「さあ？」と適当に誤魔化すが、話しかけてくれるのはありがたい。多少なりとも気が紛れる。油断すると先日見た動画が脳内再生されるのだ。

中学生の女の子がよがらされ、絶頂に達する姿が。

それを撮影している、おなじ中学の女の子。

(まさか、そんなこと……証拠があるわけじゃないし、ただの憶測だ)

撮影者が自分の想像している少女だと決まったわけではない。

もし彼女だったとしても、ただカメラマンをさせられているだけだ。それ以上のことをされたりするはずがない。恋人を裏切るようなタイプではない。

「ああ、おい、クレープ焦げてるぞ」

「あ、すまん、つい」

正志は慌ててクレープを作りなおした。結局、よけいなことを考えてしまう。文化祭準備のすこし前からずっとこの調子である。

「沢野くん、だいじょうぶ？　なんだか顔色悪くない？」

桂優乃が心配そうに声をかけてくる。隣の友人が露骨に意識して姿勢を正すのがすこしおかしい。正志としては嫌なことを思い出して表情が引きつるのだが。

「あのさ、桂さん」

「なに？」

――桃花と五十嵐を引きあわせたのか？

すんでのところで漏れ出しそうな疑問を飲みこむ。聞くにしても、こんな場所で聞くことではないだろう。

「ちょっとー、優乃。お客さんが呼んでるんだけど」

べつのウェイトレスに呼びかけられ、優乃は表をちらりと覗いた。

途端に彼女の表情が華やぐ。

「あ、照さん」

軽い歩調で接客に出る彼女を、友人が目を丸くして眺めていた。

「桂さんってあんなテンションだっけ？」

「彼氏じゃない？　たぶん大学生ぐらいのひとだと思うけど」

「やっぱりいるのか、彼氏……まあそうだよな、いるよな、はあ……」

友人とウェイトレスの会話を耳にし、正志は動揺を抑えるのに必死だった。

照さんとは五十嵐照吾のことだろう。文化祭は外部にも開放しているので大学生がきてもおかしくはない。ただ、いまの心理状態で彼の顔は見たくない。

「うえっ、あんなチャラついた男かよ。桂さんああいうのがいいのか？」

「背高いし女慣れしてる感じだし、真面目な子ほどああいうタイプに弱いよ？」

「夢が壊れるわ……てか、いっしょにいる子は？　中学生？」

会話の流れに正志の呼吸がせき止められた。

五十嵐が中学生の女の子をつれてきている。もしそれが、自分の大切なだれかだとしたら。文化祭をいっしょに楽しむような仲になっているとしたら。

「桂さんの妹だよ、沙奈ちゃんって言って」

「妹公認の彼氏か……くっそ、妹ちゃんもっとデカくならねえかな」

正志の呼吸が戻った。勢いよく息を吸った拍子にむせる。焦げ臭い。

「うわっ、沢野おまえまた焦がしてるぞ！」

友人とウェイトレスに厨房から追い出された。

「ちょっと気分転換してきなよ、そろそろ休憩時間だし」

ふらつくように教室から出る際、優乃と沙奈と五十嵐が目に入る。笑顔で語りあう様はひどく気安い関係に見えた。

正志はトイレに入り、個室でスマホを取り出した。

ＳＮＳに桃花からメッセージが来ていた。

〈いまからそっちいくね〉

送信時刻はほんの二分前。土曜日なので桃花も文化祭に顔を出す予定だった。

〈ちょうど休憩時間になったとこ〉

正志は気を取りなおして合流場所を指定した。

トイレを出て向かう先はおなじ階の昇降口。

間もなく桃花は猫背気味にやってきた。

「お疲れ、まーくん」

「ああ、ありがとう。っていうか、おまえこそ疲れてないか？」

桃花の目元には隈《くま》ができていた。まぶたは開ききっていなくて、いまにも眠りに落ちてしまいそうだ。

「もしかして文化祭が楽しみであんまり眠れなかったのか？」

「あー……そうかも、えへへ」

子どもっぽいところも可愛らしくて、ささいな悩みも吹っ飛んだ。

愛しさが高まると信頼感もついてくる。

「それじゃ、とりあえずいくか。高校の文化祭なんて大したもんじゃないけどな」

「まーくんといっしょなら楽しいよ」

ふたりは手をつないで文化祭見物にくり出した。

クレープを食べたり、射的をしたり、オバケ屋敷で悲鳴をあげたり。

廊下で一息つくと、桃花はとろんとした目で言った。

「やっぱり……まーくんが好き」

「なんだよいきなり」

突然の言葉に正志は照れてしまった。

が、桃花の目はゆっくりと閉じ、膝がふいに勢いよく崩《くず》れ落ちる。すんでのところで正志が抱き留める。

「おい、桃花？　だいじょうぶか？」

「うん……へいきだよ。まーくんのこと、信じてるから……」

桃花は完全に目を閉じ、寝息を立てはじめた。

「そんなに眠れなかったのか……仕方ないなぁ」

周囲の目が集まるが、知ったことかと思う。彼女を背負って一階まで降り、保健室のベッドを借りた。

桃花を横たえ、布団を肩までかけ、赤ん坊みたいな寝顔を見守る。

「……かわいいなぁ」

柔らかな髪を撫でてほほ笑む。いっしょに文化祭を歩けなくても気にならなかった。彼女がいっしょにいてくれれば、言葉すらいらない。

「ずっとこうしてたいな……」

「ふうん、沢野くんそういう顔するんだ？」

突如《とつじょ》、横から声をかけられて硬直する。

にんまり笑った優乃がいた。

「か、桂さん？」

「そろそろ交代時間だよ」

「ああ、そうか。でも桃花が寝てるから……」

「沙奈に任せちゃってよ。あの子も来てるし、どっちにしろ途中で桃花ちゃんと合流する予定だったから」

恋人といっしょにいる理由を完全に潰されてしまった。

「わかった、いくよ……」

正志は大きく溜め息をついて保健室を後にする。

残念ながら、その日はもう桃花と顔をわせることもできなかった。

文化祭一日目が過ぎ去り、二日目も終了した。

打ち上げはカラオケである。正志は適当に二曲歌い、二次会には参加せず帰途に就いた。本音を言えば一次会も遠慮したかった。

「桃花、だいじょうぶかな」

帰り道、空を見あげて桃花の身を案じる。

昼ごろLIMEで確認したときは、問題ないから打ち上げを楽しんできてほしいと返事がきた。彼女の気遣いに甘えてしまったかもしれない。

〈調子はどう？　いまからでもお見舞いいこうか〉

LIMEに返事がきたのは翌朝のことである。

〈ごめんね、まだちょっとしんどくてお風呂入ってそのまま寝ちゃってた〉

〈大好きだよ、まーくん〉

一晩お預けを食らった不安と不満も、愛の言葉で溶け落ちる。

〈俺も大好きだよ、桃花〉

恋愛に酔いしれたバカのような言葉が心地よい。

正志は桃花が愛しくてたまらなかった。

「そうだ……桃花のことを信じよう」

彼女に対する疑念《ぎねん》を切り捨てるため、サブアカウントの削除を決意した。そうすれば五十嵐の裏アカを見て心を削《けず》られることもない。たとえあの男が桃花に横恋慕《よこれんぼ》しても、彼女にかぎっては絶対に惑わされたりしない。

「カメラマンやらされても、そこから先は絶対に断ってくれるはずだ」

一度、サブアカウントにログインしなおす。アカウント消去にはそのアカウントで設定画面を開く必要がある。

だが、ログインして最初に開かれた画面から正志は動けなくなった。

フォローしているアカウントの投稿が表示されるタイムライン。サブアカウントでフォローしているのは「ショーくん」のみ。

〈チビ巨乳ちゃんいただきました！　画像と動画はまた後日！〉


翌朝、桃花は沢野家にあがって朝食を摂った。

沢野母が作ったトーストにスクランブルエッグ、シーザーサラダ。

「いただきます」

しっかり合掌《がっしょう》して食事をはじめる行儀正しい女の子だった。

正志に向ける笑みも愛らしい。愛らしすぎる。いつもより女っぽい気さえした。

(気のせいだ……背が低くて胸が大きい女なんていくらでもいる)

心の中で必死に否定しながらも、ちらちら彼女を横目に見る。なにか変化がないかと疑念の目を向けてしまった。

「まーくん……私の顔、なにかついてる？」

「いや……その首、どうかした？」

首筋に絆創膏《ばんそうこう》がひとつ。

「なんだかかゆくて掻《か》いたら、ガリッてやっちゃって」

「痛くなかったか？」

「うん、平気。心配してくれてありがと……まーくん」

笑顔のやり取りが心なしか白々《しらじら》しい。

考えすぎであってほしいと正志は祈った。


昼休み、友人たちは正志の顔を見て眉をひそめた。

「寝てないのか？　隈すごいぞ」

「ああ、ちょっと……食欲ないから弁当食っていいぞ」

正志は教室を出て一路、トイレの個室に入った。

SNSは昨夜からサブアカウントにログインしたまま。

「ショーくん」の新たな画像投稿があった。

〈チビ巨乳ちゃんにマーキングしました〉

女の子の首筋が映っている。

手折《たお》れそうなほど細い首に赤い跡がついていた。蛭《ひる》でもはりついたかのような、小さな鬱血《うっけつ》跡。

「キスマーク……？」

顔は手のひらで隠されて見えない。

髪の色と長さは彼女に似ているが、断言はできない。

かすかに見える乳房の谷間が深いのも、桃花だけの特徴ではない。

ただ――キスマークがあるのは桃花のつけていた絆創膏とおなじ位置だった。


一日中、上の空だった。

放課後のバイトにも集中できない。さいわい接客要員は足りているので、正志の役割は機械的な作業で事足りる。体に刻《きざ》まれた動きを淡々《たんたん》と再現するだけだ。

ときどき、優乃と女性バイトの声が耳に届く。

「へえ、アイツそんなに上手いんだ」

「うん……このあいだ失神するまでいじめられちゃって、すごかった」

「桂さんもよくそんなに体力もつねぇ」

「潮も吹かされちゃうから、お水飲みながらじゃないと干からびそうなぐらい！　ほかの子と交代で相手しないと死んじゃうかも、あはは」

「二股じゃん……いいの、それで？」

「だって恋人ってわけじゃないから。セフレってやつ？」

気さくだが人間関係に真面目だった優乃の言葉とは思えない。

五十嵐が彼女を変えてしまった。

(桃花もあいつに……？)

吐き気がして、バイトを早退した。

家に帰り、夕食も食べずにベッドに入る。母親の心配する声も馬耳東風《ばじとうふう》だった。

ショーくんの投稿をあらためて見なおした。

キスマークの画像を凝視《ぎょうし》する。

「似てるけど……でも、耳の形とか意外とひとによって違うし、見くらべたらぜんぜん違うかも……手はちっこいから似てるかもしれないけど、でも、女の子の手が男より小さいのは普通じゃん……キスマークの位置だって偶然だ」

差異を見つけるために目を皿にした。

画像の少女が桃花ではない確信がほしかった。

だが、見れば見るほど桃花にしか見えなくなってくる。

世界で一番大切な女の子が他の男にマーキングされたと感じてしまう。

「違う、絶対に違う……！」

腹に鉛《なまり》でも溜まっているかのように重たい。昼からなにも食べていないのに、空腹などまったく感じなかった。いっそのこと胃腸を腹から取り除きたいぐらいだ。

「桃花は……俺の恋人なんだ……」

早々《そうそう》に覚悟を決めるべきだったのかもしれない。動画のカメラマンが桃花に似ていた時点で彼女に直接問いただすべきだったのだ。

勘違いであれば謝ればいい。

事実だったとしても、撮影役を務《つと》めただけなら後戻りできたはずだ。

「……後戻りもなにも、俺の考えすぎだろ」

自分に言い聞かせるように独《ひと》りごちる。

コン、コン、と控えめにドアがノックされた。

「母さん？　なに……？」

部屋のドアがそっと開かれた。

「まーくん、だいじょうぶかな……？」

桃花の声が聞こえると腹がさらに痛くなる。ドアの方向に背を向けて縮こまる体勢でよかった。そうでなければ死人のような顔を彼女に見られていた。

「だいじょうぶ、平気だよ」

「そう？」

背中の後ろでベッドがすこし沈む。桃花が座ったのだろう。

ぽん、ぽん、と布団ごしに優しく肩を叩かれた。

「元気出してね……明日もしんどかったら、学校休んで看病するから」

「いいよ、そんな無理しなくても」

「ううん、休む。私がしたいの、看病。昔の約束だしね」

布団ごしにほんのり重みを感じた。桃花が抱きしめてくれている。負担にならないようにあくまでやんわりと。

昔も似たようなことがあった。

小学生のころ、川に落ちた桃花のランドセルを拾って風邪を引いたことがある。桃花は責任感を抱いたのか、幼いなりに献身的な看病をしてくれた。

――まーくんのお嫁さんになって、一生看病する！

幼き日の口約束を桃花はまだ覚えている。

そんな一途《いちず》な女の子が恋人を裏切るだろうか？

（桃花にかぎって、そんなことあるか）

やはりすべては勘違いだった。そうに違いない。彼女を抱きしめたいところだが、気恥ずかしさのあまり布団から出られなかった。

「それじゃ……今日は帰るね」

「ああ、またな、桃花」

桃花が部屋を出ていくのを待って、正志は布団を出た。

ほんのり甘い残り香が鼻をくすぐる。シャンプーの匂いだろうか。お風呂に入りたてだったのかもしれない。もっと間近で嗅げばよかった。

「そうだ、いちおうメッセージ送っとかないと」

スマホを指紋認証で動かすと、たちまちＳＮＳのタイムラインが表示された。

ほんの三十分前、「ショーくん」がまた新たに画像を投稿していた。

〈チビ巨乳ちゃん呼び出して即パコ四発！〉

笑い飛ばして、今度こそサブアカウントを消去するべき流れだった。

なのに、サムネイル画像を見て金縛りに遭《あ》ってしまう。

中学の制服を着た少女が後ろから胸を揉まれていた。ブレザーとブラウスに皺が寄り、胸のサイズを立体的に見せている。男の大きな手でも余るほどの、とんでもなく大きな膨らみ。

一方で、首の細さや肩幅はミニサイズ。胸と比べてあまりに華奢で小柄すぎる。

「違う……」

よく見知った体格の少女が、手になにかをつまんでいた。

薄ピンクのゴムらしき袋が三つ。中に溜まった白い液体が透けて見える。使用済みのコンドームだということは正志にもわかった。

「違うって、これは」

振り払ったはずの疑念が蘇《よみがえ》り、指が勝手にサムネイル画像をタップした。アップにして顔を確かめた。ボカシが入っているのは目鼻だけ。口はしっかりと映っている。

半開きの口に粘《ねん》液が溜まっていた。ゴムに入っているのとおなじ白濁汁だ。

「三回もセックスして、口にまで出したのか……」

否定すら忘れて呆然《あぜん》とする。

視線は移ろい、ある一点に辿《たど》り着いた。

首筋に絆創膏が貼られている。

正志は崖から突き落とされたような落下感に襲われた。ベッドにへたりこみ、ただただ呆然とスマホを眺める。

「なんでだよ、桃花」

絶望をもたらすだけの小さな板を手放《ばな》せない。

胸揉み画像の下にも未確認の投稿がある。テキストだけの呟きが続いていた。

〈女の子を気持ちよくしてあげることが男の仕事だと思ってます〉

〈中イキ開発は女性側の気持ちが一番重要です。愛撫や腰振りよりも女性をその気にさせるテクニックを学びましょう〉

〈ハメ穴扱いはあくまでM女子用の接待プレイなので、だれかれ構わずやったら警察呼ばれます。穴の見極《きわ》めが重要！〉

ふざけた言葉のひとつひとつが正志の臓腑《ぞうふ》に突き刺さる。

「桃花がその気になって、自分から悦んでやられたのか……？」

さらに投稿を遡《さかのぼ》って、心臓が弾けそうなほど脈打った。

動画が投稿されていた。

〈お待たせしました！　チビ巨乳ちゃんバックです！〉

サムネイル画像は裸の少女が四つん這いで後ろから男に犯されている姿。カメラの角度は真横からのもの。

小柄で華奢なのに、ぶらさがった乳房がベッドに着くほど大きい。

「ああ……」

いまさら疑いの余地はない。目を逸らしても否定できない。

正志にできることは覚悟を決めて動画を再生することだけだった。

『んーッ！　ふっ、うッ、あああッ……！』

鼻にかかった甘い声が、パンパンパンと肉打つ音と重なり踊る。

ボカシが入っても極太だとわかる逸物が小さな股に入っては抜け、また入る。

柔乳が振り子のように揺れるのが恐ろしく卑猥だった。

「なんだよ、桃花……！　おまえは、俺じゃなくて、そんなやつとセックスするような女だったのかよ……！」

虚《うつ》ろだった感情に火が付いた。怒りのままに吼《ほ》えたかった。

『あぁッ……！　やだやだ、やだぁっ……！』

動画の中の顔をぼかされた少女は、かぶりを振って嫌がっていた。

絶《た》え絶《だ》えな声は苦痛のうめきにも聞こえる。

「そ、そうか……！　これはやっぱり無理やりなんだ！　きっと桃花を脅《おど》して、無理やりレイプして、口止めとかしてるんだ……！」

憤怒《ふんぬ》の風向きは桃花でなく五十嵐に変わった。

「許せない……五十嵐のやつ、桃花をこんな目に遭わせるなんて」

この場にあの男がいたら思いきり殴りつけたい。自分の拳《こぶし》が壊れるまで殴っても気は晴れないだろう。いっそ殺してやりたいとすら思った。

桃花のためにも、絶対に償《つぐな》わせなければならない。

法的に裁《さば》くのであれば証拠も必要だ。

「無理やり犯したって証拠が……」

投稿された動画には当然会員サイトへの誘導リンクもある。

会員サイトには二十分ほどの動画がふたつ並んでいた。

正志は燃えさかる激情のままに動画を再生した。

第三章　幼い性愛の芽生え

はじめて恋をしたのは、頭を撫でられたときだった。

なにかとても恐い想いをして、震えて泣いていた。

彼は困ったような顔をして、それでも笑みを取りつくろい、慰《なぐさ》めの言葉を紡《つむ》ぎながら、頭を撫でてくれたのだ。

そんな彼がとても大人っぽく、男らしく見えた。

このひとにずっと頭を撫でてもらいたい。抱きしめてほしい。

幼心《おさなごころ》に桃花はそう思った。


「お姉ちゃんのクラス、文化祭の出し物がウサ耳喫茶らしくてさあ」

沙奈はポテトチップスをパリパリ食べながら言った。

土曜日、彼女の家のリビングでサブスクのアニメを見ている最中のことだ。

桃花もポテトチップスを頬張り、「うん」とうなずく。

「まーくんも言ってた。このあいだね、まーくんの膝に座ってね、今度文化祭あるんだーってまーくんが言って、私はまーくんの手をさわさわしてて……」

「桃ちゃんって隙あらばノロケるよね」

沙奈の鋭い指摘に、桃花は言葉を詰まらせた。思い当たる節はある。

テレビに男キャラが映るや否《いな》や、反射的に口を開いてしまう。

「あ、このキャラ！　まーくんにちょっと似てる……！　目元ちょい柔らかいけど、口がすこし曲がってる感じとか。ほらこのシーン！　女の子を抱きしめるときの手つき、ふわーって！　このふわー感、すっごいまーくんって感じ！」

マシンガンの勢いで語り倒していると、沙奈にため息を吐《つ》かれた。

「べつにさー、恋人と仲いいのは大変よろしいことだけどさー」

「ごめん、自慢しちゃって……沙奈ちゃんは独りなのに」

「うっせー、あたしのお眼鏡にかなわない男たちが悪い！　もっとさ、スラッと細くて色白でさ、窓辺で難しい小説読んでる横顔が物憂《ものう》げなひととかさ、そこらへんに湧いて出ないかなぁ」

沙奈自身は活発な体育会系だが、異性のタイプは正反対である。正志に色目を使われる心配もないので桃花としては気軽に付き合える。

「でさ、桃ちゃんってさ、実際のところどうなの？」

「どうって……？」

「そろそろえっちしたの？」

明け透けな質問に桃花は赤面して閉口《へいこう》した。

「あ、した？　ヤッちゃった？」

「ヤ、ヤッてなんかないよ！　私、まだ中学生だし！」

「みんなけっこうヤッてるらしいけどね。吉崎《よしざき》とか神田《かんだ》とか」

「だとしても、まーくんそんなことしないし！」

「まーねえ、あのひとそこまで度胸なさそうだし」

「度胸がないんじゃなくて紳士なの！　まーくんはほんとに優しいの！」

またまた沙奈がため息を吐く。半眼でニヤつきながら。

「じゃあ桃ちゃんが押し倒せばいいじゃん」

「それはイヤ！　はじめてはまーくんに優しく抱きしめられて、そっとキスして、ドキドキ感を育むように服をすこしずつ脱がされて……みたいな感じがいい！」

「ブハハッ」

「わ、笑わないでよう、バカぁ」

腺病質の文学青年を好む女に笑われるのは不服だが、けっして嫌ではない。こんなふうに気兼《きが》ねなく会話できる友だちは沙奈だけだった。

玄関からドアの開く音がした。聞こえてくるのは男女の声。楽しげに笑いながら階段を登っていく。

「またあんなやつ連れてきて……」

沙奈は目と口を歪めて嫌悪感を露《あらわ》にしていた。

「優乃さんと……だれ？」

「男。セフレってやつ」

「セフ……え？　せふれって、その……優乃さんが？」

桂優乃は桃花にとって理想のお姉ちゃんそのものだった。美人でスタイルも気立てもよく、妹の友だちにクッキーも焼いてくれる。恋人はいないと聞いていたが、モテないのでなく高嶺《たかね》の花だからだと思っていた。生半可な男子では釣り合わない。

「あの優乃さんが……せっくすふれんどを？」

「あたしだって最初はビックリしたよ。よりにもよって、あんなチンピラみたいな男なんて……前はあんなヤツ嫌いだって言ってたのに」

「あの、あの、沙奈ちゃん、セックスフレンドってことは……」

「そりゃまあ……するよ。今日は父さんも母さんも家にいないし……」

沙奈はげんなりした様子だが、ほんのりと頬が赤い。

桃花も拍動《はくどう》が早くなり、顔が熱くなってきた。

中学二年生と言えば性への関心が強くなる年ごろだ。男勝りの沙奈も気弱な桃花も例外ではない。二階でおこなわれることに興味津々《しんしん》である。

「……こっちきて」

沙奈はソファを立って、唇の前に人差し指を立てた。

ふたりは声と足音を静めて、抜き足差し足で階段を登っていく。

二階に近づくにつれて小さな声が聞こえてきた。子猫が甘えるような愛らしくも艶《なま》めかしい響きである。

「はっ、あぁ、妹たちいるのに、またしちゃうの……?」

「ヤるに決まってんだろ。こんなに濡れまくりの穴ほっといたら気の毒だろ?」

「んっ、ぁああッ……! 照さんのえっちぃ……!」

優乃の部屋の前に来た途端、甘えた声が獣の咆哮《ほうこう》じみて高まった。

「ぁあああああッ……！」

「ハメて即イキかよ。ま×こ雑魚すぎだろ」

ぴしゃ、と平手で叩く音と、「きゃんっ」と嬉しそうな悲鳴が聞こえる。

ぱん、ぱん、ぱん、と肉打つ音が連《つら》なった。

あん、あん、あん、と優乃の喘《あえ》ぎがつづく。

あまりにも生々《なまなま》しい性の音響に桃花は衝撃を受け、頭が真っ白になった。

隣の沙奈も言葉を失い、ただただドアを見つめている。

否。彼女が見ているのはドアではない。わずかに開かれたドアの隙間だ。桃花もそちらに視線を引き寄せられていく。

(だめッ、見ちゃダメ……！)

他人の情事なんてのぞき見るものではない。

わかっていても好奇心には抗えなかった。

文庫本一冊ほどのわずかな隙間から、その光景はハッキリと見えた。

ドアのすぐ前で肌色が蠢《しゅんどう》動している。

濃い色のグロテスクな肉棒が、縮れ毛に覆われた肉穴に出入りしている。

「…………………ッ！」

あまりにも直接的な交合の有様に、桃花は手で口を塞《ふさ》がなければならなかった。ほとばしりそうな悲鳴を必死に飲みこむ。

ふたりは部屋に入ってすぐ絡みあい、つながったのだろう。たがいに立ったまま、男が女を後ろから貫く姿勢。ベッドに行く時間すら惜しいというような、性急で即物的なセックスだった。

(きたない)

桃花の求める愛情たっぷりのセックスとはまったく違う。快楽以外に目的のない獣じみた行為だ。汚らしくて、浅ましくて、いやらしくて。

なのに、桃花と沙奈は目を離せなかった。

その夜、桃花はオナニーした。

正志に荒々しく犯され、身も世もなく喘ぎ狂う妄想をしながら。

いままでの自慰行為で一番気持ちがよかった。

後日、学校からの下校時。

沙奈と別れてひとりで歩きだしたところ、桃花は横から声をかけられた。

「ねえキミ、モモカちゃんだろ?」

「はい……？」

すぐそばでオープンカーが停車していた。

運転席で軽薄そうな男が歪んだ笑みを浮かべている。座っているので身長はわからないが、肩幅が広く胸板も厚いので背も高そうだ。桃花にとっては恐怖の対象と言ってもいい。正志以外の男性という時点ですこし恐いのに。

「俺、五十嵐。わかるかな？」

「い、いえ……どちらさまでしょう」

桃花は半身になって腕で胸を隠した。五十嵐なる男の視線が胸に吸い寄せられているからだ。腕で押さえられて変形した乳房にますますニヤついている。

「あのとき顔は見えなかった？　優乃の家でさ」

言われてようやく思い当たる。

あの日、沙奈の家にやってきた優乃のセックスフレンド。

絡みあう体と肉棒にしか目が行かず、顔立ちまでは記憶していなかった。

「ビックリさせてゴメンね？　ヘンなもの見せちゃったお詫《わ》び」

五十嵐はプレゼント用のラッピングをされた一抱《かか》えの箱を投げ渡してきた。

桃花は思わず受け取ってしまう。

「いらなかったら返品してよ。ＬＩＭＥのＩＤ入れといたからさ」

オープンカーは止める間もなく走り去った。

桃花はやむを得ずプレゼントを抱えて帰宅した。さいわい両親は家にいないので見とがめられる心配もない。父は仕事の都合で日本各地を飛びまわっているし、母の勤務時間は午後から深夜である。

とりあえず自室に持ってきて、ラッピングを剝《は》がした。

「あ……剝がしたら返しにくいかな」

直接会いたくはないが、沙奈か優乃に渡してもらう選択肢もあった。ラッピングを剝がした時点でそれも難しい。

「でも、優乃さんの男にプレゼントもらったとか、言えないよね」

もし正志が他の女にプレゼントをしたと知ったら、桃花なら泣く。恋人でなくセフレだが、情がないとも思えない。

となれば、ひそかに処分するのがいい。

「……なにこれ」

包みに隠されていたパッケージを見て、頭の中が停止する。

紫色の棒状の商品写真。浅くお辞儀をした形で、振動機能つきらしい。充電用のＵ

SBケーブルも付属している。

「バイブ……？」

中学二年生ともなれば淫具の知識ぐらい多少はある。インターネットを見ていれば自然とそういう情報も入ってくるものだ。

理解してからすこし間を置き、顔が真っ赤になった。

「な、なんなの、あのひと……！　こんなのプレゼントしてくるなんて……！」

軽薄そうな男だとは思ったが、もはやセクハラだ。性犯罪だ。

かと言って、被害届を出すべきかは悩ましい。嫌なら捨てれば済む話ではあるし、五十嵐が逮捕されたら優乃が悲しむだろう。

もちろん返却は無理。すでに箱から実物を出してしまった。

「なんで出してるの……バカじゃないの」

自分の軽率《けいそつ》さを呪いながらも、バイブを手に持ってしまう。表面は柔らかくもスベスベ。長さは桃花の肘から手首にやや足りないほどか。

「これ……入れちゃうのかな」

自分の指より断然長い。であれば、ふだんいじっている場所より深い部分を刺激できるのではないか。それとも入り口の上にある敏感な粒に振動機能を使うべきか。たぶん両方とも正解なのだろうけど。

「……指より気持ちいいのかな」

いつの間にか口内に溜まっていた唾液を飲みこむ。

ブンブンとかぶりを振った。

「やっぱり返そう……！　こんなのいらないし！」

調べてみると説明書にLIMEのIDが走り書きされていた。いったん登録する。用事が済んだらブロックして縁を切ればいい。

〈ごめんなさい、もらったものは返却したいです〉

メッセージを送って、バイブを箱に詰めなおした。時間をかけてラッピングも元に戻す。多少の粗《あら》はなくもないが、粗雑《そざつ》な五十嵐にはバレないと思いたい。

スマホの通知音が鳴った。五十嵐の返事だ。

〈中古品の処分は請《う》け負ってないんだよね、ごめん！〉

言葉の意味を理解するのにしばしの時間が必要だった。

IDが記された説明書をチェックした時点でバイブの箱は開かれている。開封済みなら中古扱いも当然だ。いくらラッピングを再現しても意味はない。

「私、バカだ……」

情けなさと恥ずかしさに顔どころか体まで熱くなった。

〈お気に召《め》さなかったなら、かわりのプレゼントをお納めください〉

動画が送られてきた。熱くなった体に電流が走る。

サムネイルに映っているのは、沙奈だ。

服を着ていない。なだらかな胸を露出しているばかりか、下着もなしに大きく開脚している。秘すべき花園はほぼ無毛——目を凝らせば産毛《うぶげ》が色づいたような濃い和毛がある。そんな幼げな裂け目が、惨《むご》たらしいほどに割り開かれていた。

「は、入っちゃってる……！」

黒ずんだ肉棒が沙奈を貫いていた。

男が沙奈を犯していた。おそらくは五十嵐が沙奈を襲いながら、スマホで写真を撮ったのだろう。きっと無理やりだと、桃花は思いたかった。蛇蝎《だかつ》の如《ごと》く嫌っていた相手と睦《むつ》みあうはずがない。

なのに……沙奈は両手でピースしている。

引きつり気味だが、笑みを浮かべている。

「さ、沙奈ちゃん……？」

信じられない気持ちで、桃花は動画を再生した。

男の腰が動き、画面がかすかに揺れる。桃花の手首ほどもありそうな極太が、沙奈の秘裂を出入りしていた。

〈んっ、うぅ、も、桃ちゃん、見てる？〉

呼びかけられるとは思いもよらず、桃花ははっと息を呑んだ。

〈あのね、んんっ、い、五十嵐さんと、セックスしちゃった……あんっ〉

〈処女卒おめでと、沙奈ちゃん。痛くない？〉

〈痛くはないけど、んんッ、やっぱ恥ずかしいかなぁ、あは、は……あーッ〉

沙奈の笑みが崩れ、口が大きく開く。

〈ク、クリ触るの反則ッ……！〉

〈慣れないうちは弱い部分いじめたほうがいいっしょ、ほらほら〉

五十嵐は余った手の親指で結合部のすこし上を擦りだした。撮影も腰遣いも止めることなく愛撫をこなす器用さに、沙奈の声が高くなる。

〈あっ、すごッ、なんかすっごいッ、いいいッ……！〉

〈そらそらッ、クリイキするとこ見せてやれッ！　男にパコられるほうがオナニーより気持ちいいってお友だちに教えてやれッ！〉

〈あぁッ、あーッ！　も、桃ちゃん、これほんっと気持ちいいよ……ああッ！〉

言わされているだけだと桃花は思いこもうとした。

けれど、いままでに聞いたことのない親友の艶声《つやごえ》に異様な説得力を感じる。実姉である優乃の嬌声《きょうせい》によく似ていたからだ。

「気持ちよさそう……」

口走って後悔するのとおなじぐらい腹が立った。

五十嵐の行為からは女を弄《もてあそ》ぶような空気が漂っている。事に至るまでの経緯はわからないが、動画撮影自体が変態的で嗜虐《しぎゃく》的だ。見ているだけで恥ずかしくて、胸が苦しくなる。

「優乃さんだってそうだよ……」

憧れのお姉さんを荒々しくイジメながら、五十嵐はうすら笑いを浮かべていた。彼女が何度もイカされ、これ以上は無理だと懇願《こんがん》しても腰遣いをやめなかった。恐ろしく大きな肉棒で徹底的に秘裂を掘りかえしていた。

腹立たしい。悪辣《あくらつ》な男が。そんな光景を見てドキドキしている自分が。

「もうやだ……！　嫌い、嫌い嫌い、大っ嫌い……！」

煮えたぎる激情を抱えきれる気がしない。発散しなければ爆発しそうだ。

「もう、オナニーする！　まーくんのことしか考えない！」

宣言をして、まずは制服が汚れないよう部屋着に着替える。Tシャツに長めのパーカーを重ねる一方、下はスカートを脱ぐだけで下着も黒タイツも穿いたまま。気が急《せ》いて我慢できなかった。

ベッドに仰向けになって、まず豊かな胸に触れる。

「ん……」

開いた手で軽く撫でただけでピリッと電流が走った。正確には乳首に触れた瞬間に喜悦が走った。ブラジャーを着けていてもたやすく感じてしまう。すでに突端《とったん》は硬く充血して感度があがっていた。

「なんでこんな興奮してんの、もうっ……！」

正志のことを思い出す。彼の大きな手で触られていると想像する。まるで本当のお兄ちゃんのような、頼りになる年上のひと。

五十嵐と違って手つきは臆病なほど優しい。指の腹が乳首をかすめて桃花の体が跳ねれば、ビックリして攻め手をゆるめる。そして乳肉をやんわりと揉む。痛くないように、ほんのり指を沈めるだけ。

「んっ、うぅ、まーくん、まーくん……！」

名前を呼ぶと胸が暖かくなる。大好きだから当たり前だ。

それにくらべて五十嵐のことは思い出すだに腹が立つ。怒りを溜めこんだ体がどんどん熱くなる。指ですこし乳首を掻いただけで肩が弾むほどに快感が生じた。

「んぅーッ……！　もう、もう、なんなの、あのひと！　最低……！」

胸をすこしいじっただけなのに、股がぬるつく感触があった。ふだんは正志と愛しあう想像をじっくりして、高めに高めてから下を触るのに。

桃花は八つ当たりのように股を爪で引っかいた。

「ひんんッ」

想像以上の愉悦が弾けて腰が蠢く。大きな乳房がパーカーごと弾む。乱暴に引っかいてもタイツと下着越しなので痛みはない。八つ当たり続行だ。

「んっ、もうッ、なんでッ、こんなのッ、もうッ……！」

ガリガリとタイツの繊維を削りながらも、小造《こづく》りな割れ目をほじくりまわす。とくに陰核に触れるとき、下腹が焦げつくほどに気持ちいい。下着もタイツも越えて指に粘《ねば》り気がつくと、ますます怒りが募《つの》った。

「こんなやつ……！」

股をいじりながら他方の手でスマホを操作。沙奈との交合動画を再生。

親友の小さな穴を出入りする逸物に脳がカッと燃えあがった。

どう見ても犯罪だ。大人と子どものサイズ差だ。入るはずのないモノをねじこんでいる。あきらかに正志より大きいし、色や形もグロテスクだった。

なのに、沙奈は気持ちよさそうにしている。

「沙奈ちゃんもなんでこんなヤツと……！」

理解できない。わかるのはただ、子ども体型でも巨根が入るということ。

沙奈よりもすこし小柄な自分にも入るのだろうか。正志よりも大きくて凶悪な五十嵐のものが。

想像するだに怒りが腹に溜まる。秘裂がしとどに濡れる。

「もうッ、もうッ、ヤだぁ……！」

もっと派手に気持ちよくならないと怒りを発散できそうにない。

収まらない激情のままに、桃花はバイブの箱をつかんだ。

中身を取り出し、充電用USBケーブルをつなぐ。手持ちの変換アダプターに挿しこんでコンセントから充電開始。スイッチはまだ押さず、ただの棒として股に擦りつけた。

「ううぅうっ、こんなの、こんなの……！」

タイツとパンツを巻きこんで先端を膣口に押しこんでみた。ほんのり痛みを感じて手をゆるめる。

「やっぱり入らない……！」

ペニスよりあきらかに細い棒でも厳しい。小学生並の体格なのだから当たり前だと思う。沙奈はたまたま柔軟《じゅうなん》な体質だったのだろう。

やむなく先端で陰核をこする。シリコン製だが指よりも硬い感触があり、いじめれている感があった。やけに鼓動が速くなり、息が荒くなる。

「んっ、ふぅ、あぅ、あぁあッ……！」

〈あっ、ああッ、あんッ、あんッ、あぁあッ……！〉

動画の沙奈はピースをしたまま歓喜の声をあげていた。きっといまの自分よりずっと気持ちよくなっている。無性にムシャクシャする。

「んっ、あッ、あうぅ……！　セックスは好きなひととしなきゃダメなのにッ、こんな酷い男のひととしちゃ絶対ダメなのに……！」

姉妹で二股をかけるような男はどう考えてもろくでなしだ。

（私にこんなオモチャ渡して、こんなひどい動画見せるのも、私にヘンなことするつもりだからなんでしょ……！）

あの軽薄な男に抱かれたら、恐ろしく太いものを突き刺されてしまう。

きっとたくさん血が出て、痛くて泣いてしまう。

——でも。

「んっ、ううぅッ、絶対に痛いッ、絶対に気持ち悪いぃッ……！」

言葉と反対の想像が脳裏を駆けめぐった。

目の前の動画の沙奈が自分のように見えてくる。

突かれるたび大きな胸を揺らし、身も世もなくよがり散らす——正志にも見せたことがない淫らな姿を、最低の男に見せてしまう。

考えるだに下腹の奥が燃えあがった。陰核の感度がますますあがり、棒いじりの快感が強くなる。自然と腰が持ちあがり、股を浮かせる体勢になっていた。

「あっ、やだっ、やだやだッ、やだぁ……！　きちゃうかも……！」

腰骨が震えて股がピリピリと痺《しび》れだす。

限界が近い。もう一押しの快感がほしい。

ごくり、と喉を鳴らして、バイブのスイッチを押した。

「ひッ！」

一瞬、秘処の感覚が吹っ飛ぶ。クリトリスが高速振動に囚われ、これまでの何倍もの電流を放《はな》ったのだ。

それが快感であると認識した瞬間、桃花は絶頂に達した。
「イクッ、イックぅうッ……！」
腰をガクガクと震わせ、大量の股汁でタイツを湿らせていく。
動画を凝視し、沙奈の姿に自分を重ねながら。
五十嵐に犯されるのを想像しながら、桃花は法悦を極めたのだった。
頭が真っ白になり、期待どおり怒りは消し飛んでくれた。
かわりに押し寄せるのは後悔だった。
「まーくん、ごめんなさい……ごめんなさい、ごめんなさい」
恋人以外のことを考えてオナニーし、イッてしまった。
大切なひとを裏切ってしまった気がして、あふれ出す涙を止められない。
なのに桃花は、泣きながら追加で二回オナニーした。
一度は正志を想ってしたが、三回目はまた五十嵐に乱暴される想像だった。
二回目の絶頂が一番小さかったかもしれない。

それからの日々に大きな変化はなかった。
学校で顔を合わせる沙奈はいつもどおり明るく元気で頼もしい。

桃花から五十嵐との関係を問えるはずもない。一歩間違えれば自分のよく知る沙奈が消えてしまうように思えた。

よけいなことを言わなければ日常は変わらない。

下校時いっしょにゲームセンターへ足を運ぶのも毎度のことだ。

「ほら、やっぱり。タマぐるみの新作入ってる！」

沙奈はクレーンゲームの筐体《きょうたい》に駆け寄り、ペタペタとガラスを叩いた。中で球状の動物ぬいぐるみが積み重なっている。

「あ、犬の子、かわいい」

「桃ちゃんって犬好きだよなー。やっぱり自分が犬系だから？」

「私って犬系なのかな……？」

「めちゃくちゃ臆病な子犬って感じ」

「臆病って言わないでよう、ちょっと奥手なだけだし……」

軽口で笑いあいながら、クレーンゲームに興じた。料金はふたりで半分ずつ出しあうが、実際にクレーンを操作するのは桃花だけだ。その間、沙奈は黙って熱い視線をくれる。集中を邪魔したくないのだろう。

（やっぱりいつもの沙奈ちゃんだよね）

五十嵐との関係はどうあれ、自分との関係が変化するわけではない。であれば口出しする必要もない。親友との仲が壊れてしまうことがなにより恐ろしい。

「……よっしゃ、桃ちゃん四つゲット！　さっすがゲームオタク！」

「オタクじゃない……こともないけどさあ」

四つのうち桃花の取り分は犬ふたつ、沙奈が猫と狐《きつね》。

ふたりでぬいぐるみを抱えて自撮りして、ＬＩＭＥで正志に送付した。たぶんバイトをしているころだろう。犬の片割れは彼にプレゼントする。おなじものを持っているだけで気持ちが通じあう気がした。

「でさ、桃ちゃん、今日はいっしょに晩ご飯食べない？」

「うん、だいじょうぶだよ」

今日も久野《くの》家の両親は家にいない。正志と正志の母にも夕食を友だちと食べるとＬＩＭＥで連絡しておく。

「なに食べよっか？　ハンバーガーとか？」

「家でピザ！　奢ってくれるって！」

「優乃さんが？　やったあ」

沙奈は桃花の手を引いて歩きだした。勝ち気な彼女はいつも強引なぐらい桃花を引っ張ってくれる。立場が逆転するのはゲーム関係ぐらいだ。

いつもと違う道を歩きだしても、桃花は疑問すら抱かなかった。沙奈にもなにか考えがあるのだろう、ぐらいにしか思わない。

ゲームセンターのある目抜き通りを出て、すぐに沙奈が足を止める。

目の前にはタワーマンションがそびえ立っている。

「ここは、えっと……」

ひときわ目立つマンションである。高層であるのはもちろん、駅と目抜き通りにほど近い立地である。きっと最上階で大企業の社長が風呂あがりにガウン一丁で窓から夜景を眺めてワインでも飲んでいるに違いない。

「知り合いの家だからだいじょうぶ！」

沙奈はエントランスに入り、オートロックシステムのテンキーを指で叩く。間もなくインターホンで相手の声が聞こえた。

『はい、どちらさまでしょう……？』

「あ、お姉ちゃん？　桃ちゃん連れてきたから開けて」

『んっ、うんっ……わかった』

エントランスのドアが開く。桃花はまた沙奈に手を引かれてドアの向こうに踏み入った。背後でドアが閉まると言いしれぬ不安が込みあげてくる。

「優乃さんのお友だち……？」

「そんな感じかな。こないだはお寿司食べさせてくれたよ」

沙奈の笑顔はいつもと変わりなく見える。あるいは、いつもより機嫌がよさそうなぐらいかもしれない。

（ど、どうしよう……知らないひとの家はちょっと困るけど、沙奈ちゃんと優乃さんがいるならだいじょうぶなのかな……？）

エレベータに乗ると照明が明るいものに変わった。

沙奈の顔が先ほどよりはっきりと見える。

頬がほんのり赤い。目が潤《うる》んでいる。まるで恋する乙女の顔だ。

（なんだか、沙奈ちゃんじゃないみたい……）

口には出せないが、沙奈が異性と恋愛する姿が思いつかない。そんな彼女の乙女めいた表情に不安がますます膨らむ。いますぐにでも理由をつけて帰ったほうがいいとすら思った。

「ほらここだよ、最上階」

思い悩んでいるうちに到着してしまった。沙奈の手を振りほどくこともできず、部屋の前まで連れていかれる。インターホンが押されてしまった。

『はい……』

「お姉ちゃん？　開けて～」

ドアのロックが解かれ、ドアが開かれた。

桃花は手遅れだったと悔やむより先に、眼前《がんぜん》の光景に思考を止めてしまう。

「よう、いらっしゃい」

返事をするのは手前にいる優乃でなく、その後ろの男——五十嵐だった。表札にはたしかに「ＩＧＡＲＡＳＨＩ」と刻まれている。

それよりも混乱を招くのは、五十嵐と優乃の行為だった。

優乃は制服のスカートをまくりあげられ、後ろから腰を密着させられている。股と股が、つながっている。五十嵐が腰をよじるたび、優乃が自分の口を手で塞いで声を押し殺す。どう見てもセックスをしていた。

「うっ、ええ……？　目の前でそういうことやっちゃう？」

沙奈は苦笑いをしていた。動揺を誤魔化すために強がっているように見える。桃花の驚きようにくらべれば平静《へいせい》と言ってもいい。

「や、やっぱり、見られるのは、イヤです……！」

「まあまあ、とりあえずドア開けっ放《ぱな》しだとマズいからさ。ふたりとも入ってよ、ほらほら、早く早く」

五十嵐は優乃を引っ張って後退していく。どこか冗談めいた光景に、沙奈は不承不承《ふしょうぶしょう》といった様子で玄関にあがる。当然のように親友の手を引いて。

脳が停止した桃花はなすがまま五十嵐の家に連れこまれた。

高層マンションの最上階だけあってリビングは見渡すほど広い。壁一面がはめ殺しのガラスで、街の景観《けいかん》がたやすく見下ろせる。大きなテレビに柔らかそうなソファ、小洒落《こじゃれ》たダイニングテーブルなど見どころはたくさんある。これ見よがしに壁を飾る白いギターもたぶん高価なものだろう。

ただ、桃花にはなにも見えない。五十嵐と優乃から目を逸らし、ひたすらフローリングを見つめるばかりである。

「んーッ、んんっ、んんッ、んッううぅうッ……！」

「お、またイッた。妹たちに見られてるほうが興奮すんの？」

ふたりの声は壁面ガラスのほうから聞こえる。五十嵐の軽薄な声はまだしも、優乃の押し殺した声に脳が揺さぶられた。

（人前でこんなことするなんて、信じられない……）

桃花はリビングの入り口で立ちつくしていた。喉が渇いて仕方ないが、ツバを飲むこともできない。異世界に呑みこまれたような居心地の悪さに頭が混乱する。

「桃ちゃん、これ飲んで」

沙奈がコップを渡してきた。中に入っているお茶を、桃花はなにも言わずに一口、二口と嚥下《えんげ》する。

「さすがにビックリだよね……あたしもビックリしたし」

「どうしよ……こんなとこにいちゃ、やっぱりダメだよね……？」

「だいじょうぶ、桃ちゃんはあたしが守るから！　ピザだけ食べてさっさと帰ればいいんだよ！　ほら、笑って笑って」

「う、うん、そうだよね……食べたら帰ろ！」

なにかがズレている気がするが、強気な沙奈を見ていると安心する。彼女に肩を抱かれ、スマホを高く掲げられると、反射的にピースをした。自撮りをすると日常が戻ってくる気がして、すこし落ち着く。

「あたしが桃ちゃんを守るから」

沙奈の眉を吊りあげた笑顔は正志の次に頼もしかった。

沙奈の強気な顔はすぐに崩れ去った。

極太で股ぐらを貫かれ、姉とおなじように爛《ただ》れた痴態を晒す。

「あーっ、イクッ！　またイッちゃうッ！　あぁぁあっ、いやあぁあ……！」

「いいねぇ、ただでさえま×こ小さいのに、イクときの締めつけがエグいわー」

リビングから場所を移してベッドの上。

沙奈は五十嵐の餌食となっていた。体位をさまざまに変えて突きあげられ、子猫が甘えるような声をあげる。

「そう、上手《じょうず》よ沙奈……気持ちよくなったらアソコも広がるからね」

優乃は妹の体を愛撫して秘処の負担を軽くしていた。そのためなのか、沙奈の悶えようは姉に負けず劣《おと》らずすさまじいものだった。五十嵐にしがみついてキスをほしがったり、自分から腰を振ったりもする。

（なんで沙奈ちゃん、夢中でそんなことしてるの……？）

もはや親友を守るどころか、その目には親友の姿すら映っていない。五十嵐がすこし強引に唇を奪っただけで、彼女の気高さはとろけて消えたのだ。

いまやポニーテールを揺らして別人のようによがり狂うばかりである。

桃花はその様子を五十嵐のスマホで撮影させられていた。

（こんな悪いひとに犯されてるのに、すごく気持ちよさそう……）

姉妹をまとめて貪る意地汚さは鬼畜と言っても過言ではない。そうでなくとも沙奈の理想は腺病質の美形だったはずだ。筋骨たくましく下卑《げび》た表情の五十嵐は正反対のタイプである。なぜここまで従順《じゅうじゅん》になるのか理解できない。

（ううん……私もなんで、なんで私、こんなことやってるんだろう）

なぜかと言えば、気が弱いからだ。場の空気に呑まれて、撮影役を断れなかった。

いまやスマホ越しにベッドのふたりを眺めることしかできない。

沙奈はベッドにうつぶせになり、上から五十嵐が覆いかぶさっている。熊が子犬にかぶりつくような体勢だった。小さなお尻に股ぐらを叩きつけるような上下動も強烈。よほど弱い部分に当たるのか、沙奈は苦しげにかぶりを振っていた。

「も、無理っ、なんか来るッ、すごいの来る来るくるぅうッ！」

喉がしわがれそうな金切り声に五十嵐は「へへっ」と下品に笑う。

「中イキ来るか？　それイケッ！　ブッ飛べよガキ！」

「ひぃッ、ひッ、ひぃいいいいぃッ！」

沙奈は枕に顔を埋《うず》め、激しく痙攣しはじめた。腹を細かく屈伸させるようなイキぶりは、桃花の知らないものである。桃花がクリトリスでイクときは小刻みに足が震える。中イキの実態はわからないが、無性に胸がどきどきした。

しかも五十嵐は止まらない。上下に動きつづける。

「待って、まだイッてるッ！　イッてるからぁ！」

「照吾さん、沙奈に連続イキはさすがに早いと思うの……」

「いいんだよ、初中イキなんだから刻みつけないと。そらっ、狂え！　雑魚ま×こイキまくれッ！　そらそらそらッ！」

「ひぃいいッ！　あひッ、ひんんんんッ！」

それから沙奈はいままでに聞いたことのない悲鳴をあげつづけた。

やがて、ふっと肩の力が抜け、痙攣以外の動きがなくなる。

「あ……沙奈、気絶しちゃった？」

「中学生でも失神アクメするもんなんだな、ウケるわ」

五十嵐は最後まで味わうようにゆっくりと逸物を引き抜いた。肉茎はクリーム状に泡立った男女汁をまとって、なおのこと不気味な威厳《いげん》を放つ。

(やっぱりまーくんより大きいし、こわい)

あろうことか、その「こわいもの」が切っ先を桃花に向けてきた。

「なあ、イキたりないから一発ヌイてくんない？」

「え？　え、あの、えぇぇ……」

桃花は突然のことに悲鳴をあげることすらできなかった。逃げ出したいのに体が動かない。スマホに映った逸物と、見事に割れた腹筋をひたすら見る。

「優乃、やり方教えてやれよ」

「う、うん、でも、この子までしちゃうのは……」

「約束だろ。今月のローテーション多めに入れてやるから妹と友だちも紹介してくれって。べつに無理とは言わないけどさ。イヤならピザ食って解散な」

五十嵐に言われて、優乃は渋々桃花の背後にまわった。

「だいじょうぶよ、桃花ちゃん。ちょっと胸を使うだけだから」

「む、胸を使うって……」

「アソコじゃないから処女まで奪われないわ。お口じゃないから変な味もしないし、ぜんぜん恐くないから」

優乃は後ろから手をまわして桃花のブレザーのボタンを外した。続いてブラウスのボタンを中央のふたつだけ外す。たちまち乳房の内圧でブラウスが左右に押し開かれ、薄桃色のブラジャーと深い谷間が覗けた。

「おー、すっげ。沙奈よりちっこいのにオッパイは優乃よりデカくね？」

「苦労してるんだよね、桃花ちゃん」

「あ、あの、はい……苦労、してるから……」

あまり見ないで、と言いたかった。

桃花は体格不相応な巨乳を昔から恥じていた。

小学校のころに急成長しだした乳房はいつも注目の的だった。男子ばかりか女子にまでからかわれ、男性教師の視線すら気になった。大好きだった水泳もそのころにやめた。学校指定の水着には収まらず、ひとりだけ市販の水着を着ていたので、なおのこと周囲の目が集まったのだ。

見られて平気な相手は正志しかいない。

親友を犯した男に見られるなど恐怖すら感じた。ましてや小柄巨乳を前にして彼の逸物は嬉しげに脈打っている。気分は蛇に睨《にら》まれたカエルだった。

「それじゃ、お邪魔しまーす」

五十嵐がベッドに膝をついた。桃花はベッド脇に立っており、ちょうど乳房が彼の逸物とおなじ高さになる。

金縛りに遭った桃花は逃げられず、熱い先端が押しつけられた。

「あっ……」

接触するのは胸でなく、みぞおち。熱塊《ねっかい》が粘液で張りつく。

狙いを外したのかと思いきや、そのまま滑りあがってくる。ブラジャーの下部に触れると、強引に肌との合間に潜りこんできた。

「よっと、邪魔なブラジャーを持ちあげて、と」

ペニスは力強く屹立《きつりつ》し、ブラジャーを押しあげていく。わざわざ専門店で寸法してもらった下着は桃花の肌にフィットしている。それをずらせるだけの勃起力は鋼《はがね》に等しいだろう。正志のモノより大きいとは思ったが、硬さと勢いも上らしい。

やがてブラジャーは乳房から外れて鎖骨の高さに押しあげられた。

その過程で当然のように、赤黒い剛直が白い双球に包みこまれるのだった。

「おっほ、これこれ。この深さ！　爆乳パイズリの醍醐味《だいごみ》！　すっげぇなあ、桃花ちゃん。俺のち×ぽ全部埋まる女は超レアだぜ？」

恐ろしく大きかった男根がすっかり見えなくなっていた。かわりに、胸のあいだに火傷《やけど》せんばかりの熱を感じる。見えていたときよりずっと存在感は大きいかもしれない。自分の小ささを思い知らされる感すらあった。

「あ、あ、や、あ……！」

言葉にならない。正常な判断力が溶け落ちて、呆然と狼狽《ろうばい》するばかりだ。

（な、なに？　なになになに？　え、なんで……なにやってるの？）

わかるのは恐ろしく恥ずかしいという事実だけ。

心臓が暴れて呼吸が落ち着かず、体温が上昇していく。

「お、いいね。真っ赤になって初々しいじゃん。たぎるわー」

「や、あ、あの、えっと……あの、あの……！」

「あったけーし肌スベスベのプニプニで、デカいのに張りもあって、へへっ、これいいわぁ。ち×ぽビクつくわぁ」

五十嵐がゆっくりと腰を揺らしはじめた。柔肉の狭間《はざま》で粘濁を潤滑《じゅんかつ》液にし、ぬちゅり、ぬちゅり、と卑猥な音を立てる。泡立った液体がぱちゅぱちゅと弾ける感触がひどく生々しい。背筋がぞくりと粟立《あわだ》った。

「恥ずかしいよね、桃花ちゃん……でもだいじょうぶ、すぐ終わるから」

優乃はそっと手になにかを持たせてくれた。ゲーセンで取ってきた犬のぬいぐるみである。反射的に桃花の手は柔らかな感触を握りしめてしまう。せめてもの拠《よ》り所にしては頼りないが、優乃なりの気遣いは感じられた。

「がんばって早く終わらせようね」

ふいに優乃の手が胸に添えられた。左右から乳房をやんわりつかみ、互い違いに上下させる。ペニスへの摩擦《まさつ》は大きいが桃花への負担は軽い動きだった。それもまた気遣いなのかもしれない。あるいは巻きこんでしまったことへの罪悪感か。

どちらにしろ優乃は行為を止めない。それどころか呼吸を乱していた。間接的な性奉仕に興奮しているらしい。

(ど、どうしよ……逃げられない……)

好きでもない男を気持ちよくするために乳房を弄ばれているのに。

好きでもない男の汚い部分を素肌で感じさせられているのに。

前後から挟み撃ちで桃花は身動きができない。心が畏縮《いしゅく》しきっているので、口で拒絶することも難しい。

「おっ、おっ、中坊のデカパイたまんねぇ、おーっ」

五十嵐は上下に腰を振って乳肉の柔さと幼膚の艶めきを愉《たの》しんでいた。

彼が突きあげるたび、胸の谷間から赤黒い先端がわずかにはみ出す。

「あ、やっ、うぅ……はぁ、はぁ……はぁ……」

桃花は息があがって、立ちのぼる性臭を頻繁に吸いこんでしまう。

生臭くて、おぞましくて、艶めかしい。

恐い――そう心に唱《とな》えながら、寒気よりも熱を感じてしまう。

五十嵐の腰が心地よさげに震え、逸物の熱もあがっていく。

「おーッ、マジ気持ちいいっ。やっべぇ、これもう持たんわー」

「もう、なの……？　照さん、そんなに気持ちいいの？」

「さっきまでイクの我慢してハメまくってたから、めちゃくちゃ大量に出るぞぉ」

「そうなんだ……ふうん」

わずかに優乃の握力が強くなり、爪が乳首を引っかいた。いつの間にか突起していた敏感部に不意打ち気味の快感が走る。

「あっ！」

桃花の鼻を甘ったるい声が突き抜ける。

「エロい声いただきました！　出るッ、精子出るぞッ！」

「イッて、照さん。いっぱい出して……」

「いや、あっ、あぁああッ……！」

優乃の爪がコリコリと乳首を転がす。手のひらがぎゅうっと乳房ごと男根を握りしめる。昂揚に過敏化していた桃花の神経には痛烈なほど激しい快感だった。

ビクンッ、と桃花の下肢が跳ねた。

ドクンッ、と乳間の極太が震えた。

五十嵐と桃花は同時に達したのである。

「おー気持ちぃーっ。やっべ、思った以上にすっげぇ出るわーっ」

「はあっ、ぁあああぁッ……！」

乳首から広がる喜悦に背筋がわななき、少女の抵抗心は分解されていく。幼巨乳の狭間に粘っこい熱汁が充ち満ちて、甘い吐息がくり返しこぼれ落ちた。

びゅぶる、と勢いあまった白濁が谷間を貫き、呆《ほう》けた顔まで飛んでくる。顎に張りついたかと思えば頬にまで粘着するものを感じた。

「んっ、ひッ……！　やだっ、いやですっ、汚さないで……！」

幼子《おさなご》の愛らしさを色濃く残した童顔が汚辱されていく。体液がべとべとにへばりつくたび、自分の大切なものまで穢《けが》されている気がした。

「顔射えっろ！　めっちゃパコりてー。桃花ちゃん、パコらせてよ、ねえ」

「照さん、それぐらいで……桃花ちゃんはシャイだから」

「そうか？　桃花ちゃんもほんとはコイツでパコパコしてほしいんだろ？」

男根は乳内で何度も脈打ちつづけていた。出しても出しても萎《な》える気配はいっこうにない。力強く、勇《いさ》ましく、暴力的なほどに女を汚す。

硬くて大きな男根。臭くて濃厚な精液。どちらも正志よりずっと凶悪なものだ。

（すっごく男のひとって感じ……）

忌避や嫌悪を忘れて、心から絞り出すような感慨《かんがい》があった。

小さな巨乳少女はしばし呆けて――そして。

正気に戻ると洗面所へ走り、必死に汚れを落とした。

「わ、私、帰ります！」

その勢いが最後のチャンスだ。

桃花は制止を聞きもせずにマンションから逃げ出した。


家に帰って最初にしたのは、犬のぬいぐるみの廃棄《はいき》だった。

気づかないうちに精子が染みついていたのである。膝で握りしめていたぬいぐるみに胸からしたたり落ちたのだろう。

「ごめんね……わんちゃん」

ぬいぐるみがなければ制服のスカートが汚れていたかもしれない。感謝をこめてコンビニ袋に密封し、ゴミ箱に捨てた。

次にシャワー。胸を重点的に洗った。ほんのわずかも匂いを残したくない。

風呂場から出ると、くう、とお腹が鳴った。そういえばピザを食べていない。隣の沢野家の厄介《やっかい》になる気にはなれない。仕方なくカップ麺を食べると、急に体が重たくなる。気がゆるんで心身の疲れが押し寄せてきたのだろう。

「宿題……今日はいいや」

桃花はベッドに倒れこんだ。

親のいない静かな家でひとり。

ぼんやりスマホを見るとLIMEの通知。正志がバイト後のコンビニに桃花がいないことを心配してくれていた。どう返事をすべきかわからない。事実を語ることは不可能だ。他の男の家で、そのひとを気持ちよくしてました――なんてことを言って、もし正志に愛想を尽かされたら。

「やだ……！　絶対やだ……！」

背筋が凍った。全身が震えた。五十嵐に迫られたときの恐怖よりも、正志に嫌われる恐怖のほうがずっと大きい。

悩みに悩んで、返事を送った。

〈ごめんなさい、ちょっと体調が悪くて寝てました。プレゼント明日でいい？〉

最初の一言にすべての想いを込めた。

翌日、桃花は学校をサボった。

沙奈と顔を合わせるのが恐かったのだ。

仮病《けびょう》で母を騙し、ベッドに寝転がって一日をすごす。

脳裏に浮かぶのはふたりの男。

正志の優しい笑顔と、五十嵐のゴツゴツして強そうな体。

自然と連想してしまう――五十嵐に犯されている沙奈の姿を。

さらに連想。おなじように正志に激しく愛される自分の姿を。

「まーくん……まーくん……！」

狂おしいまでのいとおしさは罪悪感を絡めて高まっていく。

夕方、爆発した。

パーカーにスカートのいつもの服に着替え、沢野家を訪ねる。正志の母親に挨拶をして、彼の部屋で帰りを待つことにした。

(まーくんとしたい……まーくんと愛しあいたい)

五十嵐にされたことより、ずっとすごいことをしたい。自分の愛を証明して、正志に愛情を注がれたい。そうしてようやく忌《い》まわしい記憶を振り払える。

だから彼が帰ってくると、勇気を出してアプローチをしかけた。

「あのね、私……」

彼の体に触れた。撫でまわした。

硬い物をさすり、握りながら、自身の柔らかな双球を押しつけた。他の男に弄ばれた部分を擦りつけた。

もっともっと乱暴に揉みしだかれてもいい。そのほうがきっと気が晴れる。

そして、はっきりと告げた。

「好きなら……セックス、したいよね」

けれど彼は、夕食の時間を言い訳にして誤魔化した。

「するなら時間をたっぷり用意して、絶対にだれにも邪魔されない状況で……じゃないと、もったいないよ。だろ？」

「うん、ごめんね、まーくん……私、ちょっとヘンだった」

突き放されたと感じた。

けれど、自分が焦《あせ》りすぎだったこともわかる。

だから笑顔を振り絞って明るく話そうとした。

（でも）

また脳裏によぎる。沙奈の痴態が。気持ちよさそうな顔が。甘ったるい声が。

彼女を変えてしまった五十嵐の体が。たくましいペニスが。

自然といらぬ言葉が口を突いて出る。

「早くセックスしたいよ、まーくん……」

帰宅後、桃花はバイブオナニーに狂った。男に貫かれ、気が狂うほどよがらされる、マゾヒスティックな妄想に浸《ひた》りながら。

第四章　恥辱の処女喪失

仮病でサボッて一日ぶりに登校すると、沙奈に全力で頭を下げられた。

「一昨日はごめん！　なんつーかさ、お詫びにカラオケ奢るから！」

態度はいつもの彼女だった。

違うのは、スカートの下にジャージを穿いていないこと。スラリとした脚に白のソックス。男っぽかった沙奈にしては妙な色気がある。

「うん、気にしないで」

桃花は言いたいことを噛み殺して見て見ぬふりをした。昨日のことを含めて、掘り返してもいいことなんかきっとない。

かくして沙奈のジャージを除けば日常が戻ってきた、
五十嵐邸へのお誘いがくることもない。

すくなくとも表面上は。

裏の事情については考えないように意識して日々を過ごした。それはそれで気が滅入るが、恋人のことを思い出してヤル気を出す。

スマホに正志からの着信があれば心が弾んだ。

『桃花、まだ起きてる？　明日の文化祭のことで話したくて』

「うん、起きてるよ。私もまーくんと話したかった」

部屋の窓を開ければたがいの顔は見えるが、声だけの通話にも風情《ふぜい》がある。たぶんワビサビと呼ばれるものだ。

『……だから、休憩に入れるのは午後だから。来てくれるならそれぐらいのタイミングが助かるかな』

「うん、明日すっごく楽しみ！」

『ああ、俺も学校で桃花に会うのはじめてだからドキドキするよ』

用件が済むと、名残《なごり》惜しさを抱えておやすみを言い交わす。

「うん、だいじょうぶ……もうあんなヤツに騙されないから。私はまーくんひと筋だから。まーくんと……えっちするから……」

五十嵐を胸で悦ばせた記憶は癒《い》えない生傷のようにいつまでも痛む。

二度と彼を裏切りたくなかった。

（沙奈ちゃんと優乃さんみたいには絶対にならない……！）

桃花は知っている。桂姉妹がいまも頻繁に五十嵐と交わっていることを。

優乃の髪染めや私服の変化は五十嵐の好みに合わせるため。

沙奈がジャージを脱いだのは制服を着たまま簡単にセックスするため。

なぜ知っているかと言えば、当の五十嵐に言われたからだ。

〈制服のままパコるの超燃えるわ〜〉

たびたび卑猥な画像や動画がＬＩＭＥで送られてくる。優乃や沙奈だけでなく、ほかの女のものまで。五十嵐の手にかかれば女はみんな獣のように喘ぐのだ。

「最低……気持ち悪い……最悪……！」

わいせつ物が届くたびに声をあげて罵倒《ばとう》した。桃花がここまで他者を悪く言うことは滅多《めった》にない。

正志と通話をした直後にも沙奈を弄ぶ動画が届いた。

「沙奈ちゃんも沙奈ちゃんだよ……！　男の趣味悪すぎだし……！」

明日の文化祭に思いを馳《は》せて眠りたかったのに、最悪の気分だった。

しかも通話まで仕掛けてくる。

まるで正志の声を上書きするかのように。

『よ、モモコ。さっきの動画エグかっただろ？　沙奈のやつ完全にアクメ中毒だわ』

「し、知りません……」

桃花はしどろもどろになった。セクハラ行為に怒ってはいても、声でのやり取りになると気後《きおく》れしてしまう。

『で、モモコ。沙奈がハメ潰されてるの見てどう思った？』

「ど、どうもこうも、ないです……あと、モモコじゃないです……」

『ふうん、そう？　ところでさっきから息乱れてね？』

返事をせず、口をつぐむ。鼻息がふうふうと荒くなる。股から広がる悪戯な電流に鼓動が乱れて息苦しい。

『またオナッてんだろ。おまえ本当にエロガキだなぁ』

桃花は自室の椅子に浅く座り、股のあいだにバイブを当てていた。先端を陰核に添えてクリクリといじる。トロトロの蜜が脚から尻へと伝い、椅子に敷いたタオルに染みこんでいく。

目の前にはノートパソコン。ＰＣ用のＬＩＭＥで保存した動画を見ながらオナニーしていたところだった。五十嵐から通話が来ても、止められなかった。

「沙奈ちゃんに、なんでこんな酷いことするんですか」

『なんでって、そりゃセックスは気持ちいいからするもんだろ』

「でも……そういうのは、ちゃんとした恋人同士で……」

『ちゃんとした恋人同士だからって気持ちよくなれるもんじゃねえぞ？　とくに男が短小ヘタクソくんだと痛くて気持ち悪いだけだったりするからな。その点俺は女をアヘらせるために鍛えてっから。沙奈も悦んでるだろ？』

棍棒《こんぼう》のような肉槍が猛然と出入りするたび、沙奈は獣の声でよがる。小柄なのに気丈でかっこいい親友はそこにいない。いるのはオスにすがりつく一匹のメスだ。

最悪の性欲男に好き勝手される沙奈が惨《みじ》めで、哀《あわ》れで、色っぽい。

「でも、でも……んっ、ふぅ、ふぅ……！」

『声どんどん我慢できなくなってるぞ？　ま×こ濡れまくってんだろ？』

五十嵐の声は低い。耳の奥がピリピリと震えて、脳が痺れていく。痺れた脳は深い思考をかなぐり捨てて体に命じるのだ。もっと気持ちよくなれ、と。

バイブの振動スイッチを押してしまった。

小刻みな震えに敏感な小豆がとろける。愉悦の塊《かたまり》となって下腹全体に甘美な熱を広げていく。腰がわななき、たわわな双乳がプルプルと弾む。胸の揺れが肺や喉に伝わるせいか、堪《こら》えていた悦声が鼻から漏れ出した。

「あっ、あぁあッ……！　や、だぁ……！　んぅうッ！」

『声エロくていいじゃん。おかげで俺もシコり甲斐《がい》があるっつーか』

五十嵐もすこし息があがっている。ふ、ふ、ふ、と乱れた呼吸は、動画の彼とおなじリズムだ。沙奈を後ろから突きながら、徐々に高まりゆく様子。

「い、いや……そんなこと、しないで……！」

『エロすぎるモモコが悪い。ハメたくてたまんなくなるわ。なあ、そろそろま×こ使わせろよ。ガッチガチに勃起したち×ぽねじこませろよ』

「やあっ、ああっ、いや、いや……！」

拒絶の声すらハチミツのように甘い。股ぐらが湯だつほど熱くて、つま先まで喜悦の震えが届いている。バイブの振動を強に切り替えると、瞬発的に背が反《そ》った。

「ひっ！　ぃあぁああッ……！　あーっ、あーッ！」

『いい反応してんじゃん。せっかくだから想像してみ？　俺とセックスしちゃってるところをさ』

「やんっ、んあッ、いやですぅ……！　やだ、やだやだ、やだぁ……！」

『そらそらッ、後ろから腰思いっきりつかんでパンパン音鳴らしてやるぞ！　ちっちゃいま×こハメ潰して中出しするからな！』

馬鹿げた演技に桃花の意識が呑みこまれていく。脳の芯まで火照りきった状態で男らしく低い声が頭蓋《ずがい》に響くと、現実と妄想がない交《ま》ぜになってしまう。目の前の動画でよがっているのが自分に見えてくる。

「やだぁ、出さないでぇッ……！　ゆるしてっ、ゆるしてぇッ！」

愛液が塊となって流れ落ちる。恋人でもない男に無理やり犯されているのに体が昂って止まらない。むしろ嫌がれば嫌がるほど体は興奮していく。

『出すぞッ、どろっどろの精液たっぷり出してやるからしっかり受精しろ！』

「ひああッ、いやあっ……！　ゆるして、くださいぃ……！」

う、と五十嵐がとびきり低くうめく。

動画の五十嵐も思いきり腰を押し出して停止、痙攣しはじめる。

桃花も、動画の中の彼女も、四肢が千切れんばかりに絶頂の身震いをした。

「あんッ、んんんぅうーッ！　んーっ！　んーッ！」

脳が心地よく焼けた。股まわりの神経がすべてとろけ落ちている。歯を食いしばって堪えられるのは獣じみた嬌声ばかりだ。押し殺しきれない喘ぎが漏れ落ち、五十嵐のうめき声と絡みあう。

『おー、おー、やっべ出た出た。すっげぇ出た……よし、撮ったから送るわ』

桃花はぼんやりとスマホを耳から離してLIMEの画面を見た。

送られてきた画像に白濁まみれの桃花がいる。

プリントアウトした桃花の写真に精液をぶちまけたらしい。

「いや……」

気持ち悪いと思いたいのに思えない。ただ、固唾《かたず》を呑んだ。画像の桃花は大量の粘り気で穢されながら、引きつった笑顔でピースしている。

(ひどいことされて、悦んでる……!)

手に力がこもり、バイブで陰核を潰した。瞬間、桃花は二度目の絶頂に達する。

「ぁああッ、あんんッ、んーッ……!」

『あ、またイッた? なんかさ、モモコっていじめられるの好きだろ?』

否定する気力も、正当性もない。恋人以外と卑猥な行為をした後ろめたさに、桃花はただ口をつぐんだ。

『沢野くんはイジメてくれないんじゃね?』

「まーくんは優しいからそんなことしません……!」

『ふーん? そういうの優しいって言う?』

「どういう意味ですか……」

『恋人がマゾなら見極めてイジメてやるのが本当の優しさだと俺は思うけど。表面上どれだけ優しくても、ほかの女にうつつ抜かすようじゃ俺と同類じゃん？』

「まーくんはほかのひとにうつつなんか抜かしません！」

『ならこれ見てみ？』

桃花はついスマホを顔から離して画面を確認してしまった。

LIMEに送られてきたのは、ファミリーレストランを外から映した写真。ガラス越しに手前が客席、奥に厨房のカウンターが見えた。

従業員らしき男女がカウンター越しに顔と顔を寄せあっている。

『バイト中に女とキスとか彼氏けっこうやるよね』

桃花はなにも言い返さずに通話を切り、呆然と画像を見つめた。


ろくに眠ることもできずに朝を迎えた。

最悪の気分だった。

冷水で顔を洗って腫《は》れぼったい目をすこしでも冷ます。

ジャムトーストとミルクコーヒーで一息吐く。正志との約束まで余裕はたっぷりあるので、冷静になりたかった。

「……こんな画像、こじつけだし」

あらためて五十嵐から送られてきた画像を見る。

画像が小さすぎて細かいことはわからない。男女が顔を寄せているが、角度的に接触しているように見えるだけではないか。会話を交わしているだけと見るほうが自然だ。そもそも男を正志と断定するには画像が小さすぎる。

「髪型は近いかもしれないけど、ほとんど後ろ向いて顔も見えないし……」

一笑に付すべき悪質な冗談だった。まるで信用には値《あたい》しない。

なのに眠れなかった。

万が一、億が一の可能性が頭にちらつく。

(まーくんも本当はもっと背が高くて綺麗なひとのほうがいいのかも)

あるいは性格が嫌がられたのか。

それとも、もしかしたら——五十嵐との関係を知られたのだとしたら。愛想を尽かされて、他の女性に走られても文句は言えない。

「どうしよう」

涙で視界が歪んだ。浮気をされてもおかしくないことを自分はしたのだ。罪悪感に押し潰される気持ちだった。

スマホがまた憎らしい通知音が鳴らした。五十嵐のメッセージ。

〈午後ヒマなら遊ぼうぜ〉

既読無視でスマホの電源を切った。

とりあえず制服に着替えて家を出ることにした。土曜日だし登校するわけでもないので私服でも構わないが、フォーマルな服で着飾りたい。ふだんのラフな服装は高校の文化祭という晴れ舞台に相応《ふさわ》しくない気がした。

着替えてすぐ出かけるでもなく、またスマホでファミレスの画像を見た。

見れば見るほど正志に見えてくる。

相手の女性は優乃っぽい。

角度の問題でなく、本当のキスに見えてきた。

「……私、バカみたい」

やがて予定の時間が来たので、家を出てバスに乗った。

三十分ほど揺られて高校に到着する。

派手に飾り立てられた学園風景が寝不足の目に痛い。悪夢の世界に迷いこんだような気分だった。おばけ屋敷の客引きに「キャッ」と悲鳴をあげてしまう。

けれど、もっと恐ろしいのは正志の顔だった。

スマホで連絡を取りながら階段前で合流すると、彼は不審げに眉をひそめた。

五十嵐との関係を疑われているのではないか。

桃花は背筋に寒気を感じながら、平静を装《よそお》って笑顔を取りつくろった。

「お疲れ、まーくん」

「ああ、ありがとう。っていうか、おまえこそ疲れてないか？」

どうやら寝不足と心労が顔色に出ていたらしい。

やはり彼は優しい恋人だった。

――そういうの優しいって言う？

五十嵐の言葉が脳裏で蘇るが、鼻で笑ってやりたい。

「やっぱり……まーくんが好き」

「なんだよいきなり」

ふたりで出し物をまわっているあいだ、桃花は夢見心地だった。眠たくてぼんやりして、正志の袖をつかんでいなければ前に進むこともできない。

「おい、桃花？　だいじょうぶか？」

「うん……へいきだよ。まーくんのこと、信じてるから……」

ふいに全身の力が抜け落ちる。

やけに心地よい気分を味わいながら、桃花は意識を失った。


目覚めるとベッドに横たわっていた。

神経質な白い天井と薬品の匂いで病院かと思った。

だがそれにしては壁を隔《へだ》てた外の喧騒《けんそう》が妙にやかましい。見まわすと薬品棚や体重計、書類の積み重なった机などがある。病室でなく保健室だろう。

「あれ、私……」

「あ、起きた？　だいじょうぶか？」

気遣う声に桃花はほほ笑みで振り向いた。

「うん、へいき……ごめんね、寝不足で眠っちゃって」

顔を見てほほ笑みが引きつる。

根元が黒くなった金髪に、にやけた笑みを浮かべる厚い唇。五十嵐だった。

「な、なんで、五十嵐さんが……！」

「俺も文化祭に遊びに来てたんだ。そしたら優乃からモモコが倒れたって聞いてスッ飛んできた！　単なる寝不足だって保健のセンセは言ってたけどな」

「そう、なんですか……」

桃花が掛け布団を抱いてお尻で後ずさると、五十嵐は両手を挙《あ》げておどけた。

「さすがに学校の保健室ではなんもしてねーよ」

「あんまり信用できません……」

「俺もそう思った。高校のころ普通に校内でヤリまくって、学パコの五十嵐として名を馳せたもんだ」

「なんですか、それ」

くすりと桃花は笑ってしまった。そんな自分に驚き、すぐ顔をこわばらせる。

（なんでこんなひとの前で笑えるの……？）

世界で一番、愛想を見せたくない相手のはずなのに。

「あの、まーくんは……？」

保健室を見まわしたところで恋人の姿はない。

「彼氏ならローテーションまわってきたから頑張ってるんだってさ」

「そう、ですか……」

ひどく気分が重くなる。眠気がなくなったぶんよけいに嫌なことを考えてしまう。

（私なんかより文化祭が大事なのかな）

そんなはずはない。正志はただ真面目なだけだ。寝不足なだけの恋人に構って役目を投げ捨てるような人間ではない。

でも、と思ってしまう。

目を覚まして最初に見るのは大好きなひとであってほしかった。

知らない場所の不安感を彼の顔でぬぐい去りたかった。

「なあモモコ」

五十嵐は上から桃花の頭を撫でてきた。

存外に優しい手つきで思考を溶かすように。

「気晴らしにドライブでもいこうぜ」

軽薄なほどに明るい声がいまはすこし嬉しい。よけいなことを考えずに済む。

「……ちょっとだけなら」

それはほんの気まぐれかもしれない。油断かもしれない。

(まーくんは文化祭で忙しいから、ちょっとだけ)

拗《す》ねるような気持ちもあったかもしれない。

オープンカーでのドライブは解放感があった。

風に髪がなびいて頭皮にぞわぞわと心地よい鳥肌が立つ。

気分がすこし昂った。

途中、大人っぽいムードの創作料理店にも入った。五十嵐のオススメは鴨肉のしゃぶしゃぶ。昼ご飯を食べていなかったこともあり、抜群に美味しかった。

「ごちそうさまでした」

「な、うまかっただろ？」

五十嵐は白い歯を剥《む》き出してにっかり笑う。まるで小学生のように無邪気な表情に、桃花は自然とほほ笑みを返してしまう。

(このひとすごくえっちだけど……悪いひとではないのかも)

はじめて彼を見なおした。

性欲を剥き出しにしなければ気が利く男性だとも思った。変なところで子どもっぽいのも母性本能をくすぐるのだろうか。優乃たちが夢中になるのもすこしわかる。

「今日はいろいろありがとうございました」

食後、桃花はきちんと頭を下げて礼を言った。

「どういたしまして。じゃあせっかくだしこのあと一発！」

「いやですっ、それは絶対にしませんっ」

気がつくと、彼に対してはじめて正面切って拒絶していた。敵意が薄まり、すこし距離が近くなったからこそ、率直な会話ができたのだ。

「私は五十嵐さんとはそういう関係になりませんからね！」

いー、と白い歯を剥いて可愛らしく威嚇《いかく》してやった。

三十分後、桃花は五十嵐に胸をまさぐられていた。

リビングのソファで後ろから抱きこまれ、ブレザーに手を突っこまれている。

「いやぁ……！」

思いきり胸を揉まれてしまう——と思いきや、彼はあくまでソフトに撫でるだけ。

球肉の外側から頂点に向けて指先を這わせていく。

「や、やだ、やめて、やだ、やだ、やあっ……！」

ブラウスの上からブラジャーの領域に触れ、乳輪へ——というところで、愛撫が外側に回帰する。また外から内へと撫でまわす。一番敏感な部分を焦《じ》らすことで性感神経を間接的に熱くするテクニックだ。

「なんで、なんでこんなことするの……！」

「なんでこんなとこまで来ちゃったの？　ドスケベな俺がこういうことしないわけな

いじゃん。据《す》え膳《ぜん》マジあざーっす」

なぜかと言われたら、流れに呑まれたとしか言えない。

彼に渡された缶ジュースを飲んだら缶チューハイだったせいかもしれない。

「ほんとはエロいことしたかったんじゃねーの？」

「ち、違いますっ、んっ、違うぅ……！」

焦らしつきの胸責めは執拗《しつよう》だった。小さな体に不釣りあいの巨乳いっぱいに焦れったさが溜めこまれている。ゴツゴツした男らしい手がひどく器用に動くのだ。

さらには口も巧《たく》みだった。

桃花の耳を唇でさすり、吐息を吹きかけ、たまに耳たぶを噛む。

「んっ……！」

「お、いい反応。モモコおまえオナニーめちゃくちゃしてるだろ」

「し、してないっ……！」

「鍛えてないのに性感ＭＡＸのナチュラルドスケベ体質ってこと？」

どう言い返すべきかわからず、桃花は歯噛みをした。

そこを狙い澄ましたかのように、乳房の先端を爪がかすめる。たちまち弾ける甘い痺れに少女の白い喉が反った。

「あっ、んんッ、ぁああ……！」

「こんだけ焦らしたらめちゃくちゃ気持ちいいだろ？　自分でオナニーすんのとどっちが気持ちいい？　な、どうだ？　どうだどうだ？」

「ひっ、やあッ、カリカリしないでっ、やめてぇ……！」

一転して五十嵐は乳首を集中して狙いだした。カリカリ、カリカリ、と小刻みな甘掻きに、若々しくもよく肥《こ》えた乳頭がますます膨らんでいく。硬くなれば感度も増し、少女の声がより高く甘く堕ちていく。

「あーっ……！　やだやだ、いやっ、やあッ……！」

「嫌がってる声がトロットロなんだよなぁ。完ッ全にドMの声だわ」

「ほんとにイヤなんです……！　んっ、やんッ、あぁッ……！」

「いいぜいいぜ、もっと嫌がってみな。そういうのも俺燃えちゃうから」

正志とはまるで違う口ぶりだった。手つきもぜんぜん違う。口ほどには乱暴でなく、むしろ巧妙《こうみょう》に責めてくる。直接的な快感を与える以上に、性感神経を煽《あお》る技量に長けていた。胸はもちろん耳に対しても同様だ。そして次に、片手を胸から腹へと滑らせ、スカートへ――

「あ、あ、あっ……！」

怯《おび》えて身構える桃花であったが、彼の手は股を逸れていく。スカートから膝に触れ、指先でくすぐりだす。数年前なら笑いだしたかもしれない。いまやくすぐったさは甘美な痺れに変わってしまう。

くわえて五十嵐の触り方が絶妙だった。触れるか触れないかのフェザータッチ。これが一番効《き》くことを、桃花は自分の手で知っている。正志ならここまで絶妙な手つきはできないだろう。

（やっぱり、たくさん女の子とえっちしてるから……？）

正志に不満があるわけではない。ただ、五十嵐が上手すぎるだけだ。

「あう……ん、んんっ……」

歯噛みをして声を押し殺すが、体がビクビクと震えてしまう。

彼の手が膝から腿に昇ると緊張に四肢がこわばってくる。よけいなところに力が入るせいで、彼を突き飛ばすような具体的行動に移れない。

「脚っつーか、太ももがやっぱ細いな。骨盤がまだ仕上がってねえし、骨自体が細くて尻も脚も肉が付きにくいっつー感じ？」

「し、知りません……」

要するに子ども体型だと嘲笑《あざわら》いたいのだろう。桃花は顔を背けた。首が横に反り、白い肌が襟から覗ける。ちょうど五十嵐に見せつける形だ。

「マーキングしとくか」

「えっ……」

首筋にちゅっと吸着感が走った。

「あ、ま、待って……！　跡はつけないでッ……！」

「んー？　じゃあ跡がつかないとこにキスすりゃいいのか？」

頬をつかまれ、彼のほうを向かされた。節くれ立った男らしい手は力強くて、桃花の柔らかな頬が潰れる。くちびるを突き出す形になってしまう。

「キスしようぜ、モモコ」

五十嵐は舌を出してあからさまにアピールした。

その桃色の器官の悪辣さを桃花はよく知っている。動画で散々《さんざん》見せつけられたのだ。優乃や沙奈が唇を貪られ、自分からも貪り返す様を。彼女らはさも幸せそうに目をとろめかせていた。唾液がこぼれ落ちてもお構いなしに。

「い、いやッ……！　キスだけは絶対ダメッ！」

「じゃあマーキングな」

返事をする間もなく首筋をまた吸われた。今度は先ほどより強く、皮膚が破れんば

かりに激しく。なめしゃぶり唾液をまぶしながら
ぢゅぢゅぢゅッ、ぢゅぱっ、ぢゅっぢゅっ、れろれろ、ぢゅぱぱっ、と。

「あっ、あぁあああッ……やだ、やだぁ、あああッ……！」

小造りな体が切なげに震える。首から広がった感覚はまぎれもなく快感だ。自分の体に背徳の烙印《らくいん》が刻まれていく実感でもある。

ろくでもない男の所有物にされていく、マゾヒスティックな悦び。

恋人を裏切っている後ろめたさへの緊張感も孕《はら》んで、興奮がいや増しに増す。

「んんー、ぷはっ。よーし跡ついた。絆創膏で隠しとけ？」

「う、うぅ、ひどい……」

「ひどいことされるとドキドキすんだろ？　ほら、ここの仕上がりはどうだ？」

小休止していた彼の手が内腿をさらに登りゆく。スカートの中、蒸れて熱くなった暗所で蠕虫《ぜんちゅう》のように五指が蠢く。すこしずつ愛撫し、桃花を高めながら、ついに爪の先が下着とタイツ越しの股に触れた。

「んっ……！」

「お、やっぱりな。めちゃくちゃ濡れてるじゃん」

下着はおろかタイツまでしっかり湿り気が広がっていた。タイツはまだしも下着は

秘処の周辺ばかりか全面が湿っている。ぐちゅりと水音が鳴るまで桃花自身も気づいていなかった。

「セックスしたいんだろ？」

指の腹がトントンと女陰をノックする。

「んっ、あッ、いや、いやっ、したくない……！」

「嘘つけ。動画みたいなことしてほしいってま×こは言ってんぞ？」

秘裂に沿って爪が這う。カリカリと乳首をいじめるときとおなじ要領で。

「あんっ、はッ、やだっ、うそッ、言ってないぃ……！」

「彼氏よりデカいち×ぽで初体験したいだろ、な？」

ぐぅぅ、っと指が膣口に埋めこまれた。下着ごと刺さった指がぐりぐりとねじられ、濡れた粘膜が悲鳴じみた電流を発する。

「くぅぅうッ……！　うッ、うぅぅッ……！」

「穴ちっちぇーけど処女膜手前でこんだけ感じるならパコハメ余裕っしょ」

五十嵐はふいに桃花の体を抱えあげた。背中と膝裏を持ちあげるお姫さまだっこ。

ソファから立ちあがって、何事もないかのように歩きだす。

「え、な、なにっ」

「ベッドいくぞ。はじめてでソファはあんましよくねーっしょ」

それが気遣いと言うべきかはわからないが、桃花がすこし安心したのは確かだ。

(ベッドならすこし楽かも)

思ってすぐに心で否定する。なぜ彼に抱かれる前提なのか。

いまならまだ間にあう。拒絶するのだ。走りだして、このマンションから逃げ出し、警察に駆けこめばすべて終わりだ。

「ほいドーン、お待たせ～。我が家のパコパコスペースへようこそ～」

五十嵐はふざけた物言いをしながら、桃花をベッドに下ろす。

逃げ出すならいまだ――桃花はそう思いながら、まったく動けなかった。

広々としたダブルベッドで、マットは固めだが掛け布団はとびきり柔らかい。下ろすときの彼の手も優しかった。放り投げられると思っていたので、拍子抜けして逃げ出す気力が抜けてしまったのだ。

「じゃ、本番いくか」

五十嵐は乱雑に服を脱ぎ捨てた。

そそり立つ剛直が桃花を威圧し、逃亡の意志を畏縮させる。

つづけて彼は仰向けの桃花のブレザーに手をかけた。ボタンをはずし、袖から腕を抜かせようとしてくる。

「やだぁ……！　脱がせないでぇ……！」

「はいはい、ワガママ言わない。ほらバンザーイ。脱ぎ脱ぎしましょうねー」

子ども扱いをしながら軽々《かるがる》と制服を脱がせていく。

桃花も催眠術にでもかかったかのように脱がせやすいポーズを取ってしまう。

ブレザーにリボンタイ、ブラウスが脱がされた。桃柄のブラジャーもあっさり外された。露になった乳首が硬く天を衝《つ》いていることに気づくと、五十嵐は舌なめずりをし、桃花は羞恥のあまり自分の顔を手で覆った。

「へえー、デカチチだけあって乳首もデカいなぁ。大人のデカチチにくらべるとかわいらしい感じもするけど」

白く丸みを帯《お》びた乳房の先は綺麗なピンク色。土台の円がほんのり厚みを持ち、突端は小指の先ほど。自分では不気味に大きいと思っていた。

「ま、これから俺がイジメまくってもっともっと肥やしてやるからな」

「あっ、やめっ、あぁあッ……！」

五十嵐は片手の指で乳首をこねながら、器用にタイツを脱がした。もちろんパンツを脱がすのもあっという間。

久野桃花は生まれてはじめて親以外の人間に裸身を披露した。

正志ですら全裸は見たことがないのに。

「も、やだぁ……死んじゃうぅ……！」

顔を覆い、脚をきつく閉じ、涙すら流す。

自分の体型はひどく歪《いびつ》だとつねづね思っていた。

胸は実りきった熟果実で、自重に耐えきれず左右に分かれてしまう。それを支える胴体は細くて薄い。骨盤も広がりきっていない。まだ赤子を作る準備ができていない、子どもの体型ということだ。

恥じらう体に無遠慮な視線を感じるたびに桃花は身をよじった。

「おま×こ死んじゃうぐらい気持ちよくしてやるよ」

好色男は涙に手を緩《ゆる》めたりしない。むしろより過激に、過剰になりゆく。

左乳首を左手指でしごき、右乳首には口でしゃぶりつく。唾液をたっぷりまぶして、おそらくは故意に大きな水音を立てる。

「あっ、あッ、はッ……！　いやッ、音立てないでっ、えひッ」

右乳首への責めは粘っこくて痛烈だった。れろれろとなめ転がしたかと思えばちゅばちゅばと吸う。的確に快感を与える左手指に対し、口舌の愛撫は乱暴と言ってもいい。だがその音の生々しさ、痛み寸前の愉悦は桃花をたしかに追い詰めていた。

（だめっ、濡れちゃう……！）

愛液を垂れ流す秘処には右手があてがわれていた。

もちろん毛の一本も生えていない白まんじゅうだ。小陰唇もはみ出していない、閉ざされた幼スジである。五十嵐の指の関節ひとつ分で覆い隠せるほど造《つく》りが小さい。彼も最初は小さな秘裂を大雑把《おおざっぱ》になぞるだけだった。成人男性の大きな指ではそれが限界かに思われた――が。

「よしよしよーし、そろそろかな」

人差し指が閉じた裂け目をほじくり、こぢんまりした膣口を探り当てた。

すこし力がこめられると、針穴ほどの小門が指の形にあわせてゆるりと広がる。それで五十嵐は焦るでもなく、ゆっくり浅い部分で出し入れに徹した。

「あっ、ああっ……やだ、やだ、やだぁ……！」

「ゆーっくりほぐしてやるよ。俺のデカチンずっぽり入るようちょっとずつ、な」

「やだぁ、そんなの入れたら壊れちゃうよぉ……！」

「まあ沙奈はある意味ブッ壊れちゃったよなぁ。でもおまえはアイツより才能あると思うぜ？　なにせドMだしオナニー中毒のエロガキだもんな」

反論の猶予《ゆうよ》を奪うように追加の刺激がきた。

陰核が親指の腹で擦られだしたのだ。

「あぁッ！　あっ、やだっ、クリやめてッ、あぁあッ……！」

焼けるような快感が膣奥まで突き刺さり、粘っこい蜜が流れ出す。潤滑を得た人差し指が侵攻をすこしずつ深くしていく。もちろん両乳首への刺激も継続中。

多方面からの悦楽責めに桃花は目を白黒させる。

（こんなの知らないッ……！　こんなのされたことないッ……！）

正志は三点責めなどしたことはない。両手を使うと片方もしくは両方の責めがすこし疎《おろそ》かになる。キスをしながらだと、ますますたどたどしくなる。自分も不器用さは大差ないので親近感もあるし、可愛らしいと感じた。幸せだった。

五十嵐照吾の愛撫に可愛げや親しみはない。

絶妙で、的確で、乱暴で、粘着質で、狂おしいほど気持ちいい。

快楽の海に溺れてしまう。気持ちいいからこそ恐ろしかった。

恐ろしいと思うほどに体の芯が熱くなる。奥深くがうずきだす。彼の言うとおり、桃花の奥には被虐の才能が眠っていた。それが彼とのスキンシップによって脈打ち、息づきだしている。

「あーっ……！　あーっ、あーッ、あぁぁあーッ……！」

「おっと、まだイクなよ？　イクのは取っとけ」

「んっ、んんんぅッ……！」

寸止めで手を止められるたびに感度があがった。溜めこまれた快感が行き場をなくして体内を暴れまわる。連鎖的に幼膣が熱くなる。血の巡《めぐ》りがよくなれば肉質が柔らかくなり、指がますます深く入る。

「ほれ見ろ、ち×ぽくわえこむ準備がどんどんできてきただろ？」

五十嵐はわざわざ指を抜いて見せつけてきた。人差し指の根元まで白みを帯びた愛液がまとわりついている。

「あ、うぅ……！　で、でも、処女膜は……」

「膜の形は個人差あるからな。優しくほぐしてやれば血も出ねぇんだよなぁ」

彼はこれ見よがしに人差し指をしゃぶって見せた。愛液をすべてなめとると、その指を桃花の口に突っこむ。

「んッ、えうッ……！　やっ……！」

「へへぇ、間接キスぐらいいいだろ？　こっからち×ぽとま×こでディープキスするんだからさ」

五十嵐が大きく動いた。

桃花の膝をつかんで強引に開き、細脚のあいだに腰を据える。

青筋を浮かべた肉棒が泡まみれで白くなった割れ目に押しつけられた。

「あっ、あッ、ああッ……！　やめて、くださいっ……！　それだけは本当に、ダメなんです……！　セックスだけは、絶対に……！」

体は取り返しがつかないほど熱くなっている。たがいの粘膜が触れあった瞬間、総身が震えるほど感じてしまった。

確信がある。五十嵐とのセックスは絶対に気持ちいいと。

だからこそよけいに恐ろしかった。一度してしまえばきっと後戻りできない。

「まあまあ、一発ぐらいいいじゃん」

思い詰めた桃花に対して、五十嵐はＴＶゲームを一戦する程度の軽さだった。やはりこの男は最低だとあらためて思う。

「お願いです……！　家に帰して……まーくんのとこに帰して……！」

「バレなきゃヤッてないのとおなじだと思うんだけどなぁ。それに優しいけどヘタクソな男と痛いの我慢してヤるより、クズだけどセックス上手なデカチンが開通してやったほうが絶対いいっしょ」

ぐ、ぐ、と灼熱《しゃくねつ》感が入り口にねじこまれてくる。圧迫感はあるが痛みはない。

「ひッ、んっ、あんっ……！　やだ、やだぁ……！」

「もう気持ちよさそうじゃん、ウケる。おまえバイブめっちゃ使ってただろ？」

「あ、あんなの使ってないし……！」

「嘘つけ、ほんとは突っこもうとしてたんだろ？　ま×こずぼずぼしたくてグリグリしまくってたんだろ？　感触でわかるわ」

図星に閉口する。事実としてあのバイブは毎日のように使っていた。痛みを感じるまで押しこもうとしたこともある。いつも危《あや》ういところで我に帰るのだ。処女を捧《ささ》げるべきは作り物の張形でなく正志でなければならない。

「そーゆうオナニー経験に、俺のヤリチンテクニックが加わって、気持ちよくなる要領がだんだんわかってきてんだよ、モモコは」

亀頭の広がりが膣口に引っかかったが、さらに力がこめられた。

粘膜部分がすべて入ってしまうのも時間の問題だ。

(どうせもう逃げられない……なら、しちゃったほうがいいのかな)

諦《あきら》めと欲深さが胸に込みあげてきた。反発的に理性と良識がうなる。

(こんなひとに処女あげたくない……！　まーくんじゃなきゃ絶対にイヤ！)

ふたつの気持ちのせめぎあいは、ひとつの言葉となって結実した。

「やめてください……！　これ以上したら、警察に言います！」

たしかな拒絶を口にして、勝利感が桃花の大きな胸を満たす。

決定的な罪を犯す前に引き返せた。自分を褒めてやりたいぐらいだ。

五十嵐はきょとんと小首をかしげたかと思えば、苦々しげに笑みを浮かべる。

「あー、悪い。もう無理だわ。レイプになるけどゴメンな？」

「へ……？」

ごりゅ、と熱塊が下腹にねじこまれた。

愛液焼けした赤黒い亀頭が丸ごと入ってしまっている。

その熱が、大きさが、形が、すべて未成熟な膣粘膜に刻まれてしまった。

桃花の処女は五十嵐に奪われた。

「あぁああッ……！　いやぁあ、やだぁあ……！　なんで、なんでぇ……！　やめてって言ったのにぃ……！　警察に言うって……！」

「わりーわりー、俺も中学生のチビ巨乳とかはじめてだから、つい興奮して。まあそのぶん死ぬほどイカせてやるから許してくれ、な？」

五十嵐は悪びれずに腰を遣いだした。

ゆっくりと押しこみ、入りにくくなるとすこしゆるめる。円運動でほぐしながら、じっくりとまた押しこんでいく。また硬さを感じればほぐし、進み、またほぐす。そのくり返しを、桃花の声を無視してつづける。

「あっ、あああッ、おっきいのいやあぁ……！　入ってる、熱いの奥まで入っちゃううぅ……！　やだやだッ、もうやだッ、入れないでぇ……！」

桃花はシーツをきつく握りしめて膣からの内圧に耐えた。涙で視界が歪んでも五十嵐が心地よさげな顔をしているのはわかる。

「おー狭い狭い。ちょっとずつ絡みつくようにもなってるし、このま×こ覚えがはえーなぁ。こりゃ今日中にガチピストンいけるか？」

「抜いてっ、んっ、んううッ、抜いてよぉ……！」

「抜くってこんな感じ？」

「あっ、あッ、あーッ……！」

反り棒が後退していく。小粒の襞々が引っかかれる刺激に小尻を震わせながらも、桃花はすこし安堵《あんど》した――が、カリ首が入り口で引っかかった瞬間、再挿入と再後退がテンポよくくり返された。

「よっ、よっ、奥突きすぎないように、よっ、よっと」

「あッ、ああッ、あーッ！　あーっ！　だめッ、それ無理ッ、やだぁっ」

開通した部分を徹底的に摩擦されて膣内がカッと燃えあがった。とろけるような性感の熱だった。快感のあまり声がどんどん甘みを増していく。

（こ、こんなのもし一番奥までされたら、ヤバいよぉ……！）

危惧《きぐ》したことは刻々《こくこく》と現実になりつつある。突かれるたびに挿入がほんのり深くなっていた。大切な部分を余すところなく穢されてしまう。

けれど、彼の腰遣いは徐々に鈍くなっていく。

「うーん、さすがにここからはちょっと厳しいか？」

よかった、と思うべきなのだろう。実際すこし安心はした。

なのに熱くなった下腹は残念そうにうずいている。もっともっと気持ちよくなりたいと、幼げな体が言っているのだ。はじめて知った性交の快楽に生物の本能が目覚めようとしている。絶対に否定すべき状況だった。

「厳しいなら、もう抜いてください……！」

「厳しいだけだし普通にヤるけど？」

五十嵐は当然のように言うと、左手で乳房をソフトに揉みだした。指先で乳首をこすりながらの器用な愛撫だ。

同時に、右手の親指でまた陰核を擦るが、今回はそれで終わらない。人差し指から中指までをそろえて、下腹を押さえたのだ。

「このあたりマッサージして外からもほぐすぞ」

「えっ、あっ、いやッ、そんなっ、あぁ……ッ！」

乳首と陰核の鋭い快感に対し、下腹への圧迫は鈍くて間接的だ。軽く押して、そっと引く。そのくり返しで血行がよくなるが、それ自体が気持ちいいわけではない。問題は固く閉ざされた膣道が柔軟化していくことだ。

「お、入る入る。穴ちっこいわりに案外深いな？　こりゃ根元までいけるわ」

「やあッ、あッ、あんッ、あぁあッ、入ってきちゃううう……！」

桃花はもはや逃れようがないことを知った。

時間をかけて喜悦の染み渡った体は力が入らない。体格差のありすぎる相手を突き飛ばして逃げるなど不可能だ。

だから、どうしようもない——そんな諦観《ていかん》とともに、桃花は感じた。

自分の一番奥に熱いものが触れる瞬間を。

「あっ……！　入っちゃったあ……！」

「一番奥で俺のち×ぽとキスしちゃったね？　ほら、キスだキスッ」

「んあッ、あーっ、ぁうっ、あぅううッ……！」

深い場所をこちゅこちゅとくり返しノック。口でのキスを許されなかった腹いせか、その場所が桃花にとってても感じやすいと知ってのことか。

（ここ、ダメ……！　熱くなっちゃう……！）

膣内はかならずしも性感帯ではない。ほとんどの場所において巨根の極太さしか感じ取れない。ただ、その圧迫感にマゾヒスティックな昂りが誘発するのだが。

強い快感を覚えるのは、おもに入り口近くの天井。

そして奥、子宮の入り口だ。

「あー、奥コリコリして気持ちいーわぁ。こうやってイジメると入り口キュッキュしてくんのもたまんねー。処女のくせに反応よすぎでしょ」

「やだ、やだやだっ、やだぁ……！　いやらしいこと言わないでぇ……！」

「言われたほうが興奮すんだろ、処女卒即アへの雑魚ま×こちゃん」

とんでもなく下品で低俗な物言いだった。惨めで泣きたくなるような屈辱なのに、じゅわりと愛蜜があふれ出した。汁気を潤滑剤に腰遣いが加速すると、下腹いっぱいに濃密な快感が充溢《じゅういつ》する。

「あッ、んあッ、やっ、だぁ……！　めくれちゃうぅうッ……！」

腰を引くとき、高く立ったエラが引っかかって穴がめくれるように感じた。実際に狭い膣口は巨根に引っ張られてこんもりと盛りあがる。まるで抜いてほしくないと幼穴がすがりついているかのように。

「おー、ま×こ吸いついて離れねえ。このエロ穴めッ、そらそらお仕置きだッ」

さらに五十嵐はピストン速度をあげた。その衝撃でふたつの大きな肉乳が狂ったように暴れる。大人と子どもの体格差でハメ潰すように暴力的な突き方である。

けれど、痛みはない。

桃花が痛がるギリギリの強さを、五十嵐はしっかり見極めていた。

「あーッ！　あーッ！　やだやだッ、やめてっ、やめてぇえッ！」

「声とろっとろじゃん。媚《こ》びすぎじゃね？」

「だって、だってぇ……！」

隠したいのに隠せない。自分の感じている快楽を。

(こんなに気持ちいいのはじめて……！)

オナニーはもちろん正志とのペッティングとも違う。

長くて太いペニスで小造りな膣を隙間なく埋められ、こすられ、奥を突かれる。しかも熱いのだ。女の本能がとろけるほどに。

理性では抑えきれない快楽に桃花はとうとう臨界となった。

「やだやだやだッ、まーくんごめんなさいッ、ごめんなさいぃいッ……！」

「お、イクな？　イケッ、そらイケッ！　そらそらオラオラッ！」

下品で乱暴で率直で、欲望を剝き出したケダモノ。それでいて機械のように精密に敏感な子宮口を連打してくる。桃花には抗うすべがなかった。

「イッちゃうッ、イクッイクっ、ごめんなさいっ、イクぅううう――～ッ！」

あどけない手足の指をぐっと折りたたみ、全身が硬直させる。

ビクビクビクンッ、と腰が震えた。

五十嵐にのし掛かられていなければベッドの上を跳ねていただろう。

「おー出る出るッ、中に出すぞッ、ウッ」

「やっ、あッ、あぁあああッ……！」

中はやめて、ということすらできなかった。

どくんどくんと膣内の巨塊が脈打っている。彼の全身も蠢動し、汗ばんでいる。桃花の小さな体をがっちりと抱きしめて逃そうとしない。その力強さと重量に押し潰されて、不覚にも胸がドキリとした。絶頂に朦朧《もうろう》とした意識の奥、メスの本能がうずいてしまった。

「やだっ、やだぁ……あぁッ、んっ、んんぅう……！」

「やだやだ言いながら抱きついてんじゃねーか。そんなにチ×ポおいしかった？」

言われるまで自分が男らしく分厚い背中に手をまわしていると気づかなかった。彼が射精しながらも腰をよじるせいで、追撃の快感に喘ぐばかりである。

やがて――彼は腰をあげて逸物を抜いた。

「あんっ……！」

抜ける瞬間すら気持ちいい。オルガスムスで性感が広がり、膣口でもひどく感じるようになっていた。

そして彼を見あげて、呆然とする。

「コンドーム……つけてたんですか？」

「そりゃそうでしょ。断りなしに生ハメ中出しはさすがに俺もやらねーよ」

彼はパンパンに膨らんだコンドームをぶら下げてカラカラ笑う。

（いちおう常識はあるんだ……）

ほんのすこし見なおしたのも束の間《つかのま》。

五十嵐の信じられない行動に桃花は目を白黒させた。

口を縛ってもいないコンドームを桃花の腹に投げ捨てたのだ。中からあふれ出した精液が白い肌をべったりと汚す。

「やだっ、きたない……！」

一度ゴムの中に溜まった精液はそのまま出されるより汚い気がした。

五十嵐は桃花の反応を気にせず、彼女の腰をふたたびつかむ。

「じゃあ二発目いくか」

「え、ま、まだやるの……？」

「いっぱい楽しんだほうが得じゃん？　俺もモモコも」

「あの、私は桃花です……！　だから、あっ、やッ、またッ……！　んぅう！　やだっ、もうやだッ、あああぁッ、いやぁあッ……！」

口で嫌がりながらも体は快楽に踊らされた。

気持ちまでは屈《くっ》していない――そう心に唱えながらよがりつづけていく。


結局、桃花は夜通し五十嵐によがらされた。

三回連続で中イキさせられると中学生の未成熟な理性など残らない。なすがまま快楽に鳴き、ときには彼にしがみついた。

母親には沙奈の家に泊まるとスマホでメッセージを送っておいた。あくまで自分の意志で、である。桃花自身が快楽を求めて、五十嵐の体を求めたのだ。

朝方、失神して眠りに就く。

起きたら朦朧とした意識で五十嵐に勧められるままシャワーを浴びた。

さっぱりして浴室を出るとピザが届くところだった。

(そういえば、このあいだは食べれなかった)

やはり促《うなが》されるまま食べ、ようやく頭が冴《さ》えてくる。

「……食べたら帰ります」

「そうか？　もう一発ヤッとかねえ？」

「帰りますっ」

強気に言った三十分後、桃花はまた五十嵐の下で狂わされた。

卓抜《たくばつ》したテクニックはもちろん底なしの体力に瞠目《どうもく》する。筋肉質な体つきは摂生《せっせい》の賜物《たまもの》だろうか。だとしたら、この男はセックスに対してある種のストイックさを持っているのかもしれない。その目的が女を弄ぶことだとしても。

(まーくんだってきっと、これぐらいできるもん。まーくんのほうがもっと気持ちよくしてくれるもん)

そう思ってすぐ、罪悪感で頭がぐちゃぐちゃになった。

(こんなこと知られたら、嫌われちゃう……！)

息苦しい。目の前が暗くなる。自分で自分をくびり殺したい。

問題は、感情の影響で神経が昂り、かえって快感を高めてしまうことだ。

「やだあぁッ、やだやだぁ……！　ごめんなさいッ、ごめんなさいッ、ぁあああッ、まーくんごめんなさいぃいいいッ……！」

恋人に謝罪しながら、恋人以外の男に何度もイカされた。

最終的にまた失神して、起きると夕方だった。

五十嵐は全裸で腕立て伏《ふ》せをし、床に汗を落としている。

「あ、起きたか？　おかげでキンタマ空っぽになったし今日は気分よく眠れそうだわ。処女マンごちそーさんでした」

「……もう、帰りますから」

シャワーを浴びずに服を着る。一刻も早く部屋を出たかった。彼の筋肉を伝う汗を見ていると、なぜだか無性に腹が立つ。彼の汗臭さも嗅ぎたくない。

「んじゃ送るわ」

けっこうですと断ったが、五十嵐は構わずついてくる。

桃花はオープンカーで家まで送られた。

最後に彼は無遠慮に顎を撫でてきた。

「気が向いたらいつでも連絡待ってるから。俺も連絡するし」

なにも返事を返すことなく、桃花は家に逃げこんだ。

浴室に駆けこみ、シャワーを浴びる。肌に染みついた彼の匂いを落としたい。徹底的に擦り洗うが、鏡を見て途方に暮れた。

「痕、残っちゃった……」

体中にキスマークがついていた。

それを見るだけで腹が立つ。顔が赤くなり、下腹に熱が溜まる。

桃花は鬱憤《うっぷん》を晴らすように浴室でオナニーをした。浴室を出て、晩ご飯にカップラーメンを食べたら、自室に戻ってまたオナニー。

「なんでこんなにムラムラが止まらないの……！」

五十嵐にされたことを思い出すと、腹が立つと同時に秘処がうずく。

彼の筋肉を思い出すと、力強く組み伏せられた記憶で興奮に拍車《はくしゃ》がかかる。

正志に申し訳ないと思えば、不思議と快感が増幅《ぞうふく》した。

（私、おかしくなっちゃった）

何度も自慰で達して、夜も更けてくるころ、ふと気づく。

スマホに正志からのメッセージが届いていた。

ひとつめは昼ごろ。

〈体調はどう？　今日は早めに帰るから〉

それに対して〈気にしないで打ち上げ楽しんできて〉との返事を送っていた。桃花には覚えがない。

「あのひと、勝手にスマホ使って返事送ったんだ……！　最低、最低っ！」

五十嵐の所業《しょぎょう》に腹が立って仕方ない。

正志はそれを信じて打ち上げに行ったのだろう。その帰りに恋人を心配してまたメッセージを送ってくれたらしい。

〈調子はどう？　いまからでもお見舞いいこうか〉

彼の気遣いに、桃花は己《おのれ》の軽率さを呪った。こんなに優しい恋人を裏切って、あんな男に体を許すなんて、最悪だ。

いまならわかる。自分はただ拗ねていたのだと。保健室で起きたとき正志がいなくて、自分が蔑《ないがし》ろにされているように感じた。例の胡散《うさん》臭い隠し撮り写真についても、自分からあえて心を乱されにいったようなものだ。

——私を見ててくれなかったまーくんに、ちょっとだけ嫌がらせ。

当てつけで五十嵐についていった結果が処女喪失である。
「バカだ、私」
泣いて、嗚咽《おえつ》して、泣き疲れて眠った。
正志にＬＩＭＥの返事を出せたのは翌朝のことである。
〈ごめんね、まだちょっとしんどくてお風呂入ってそのまま寝ちゃってた〉
〈大好きだよ、まーくん〉
必死に文面をひねり出した。
愛の言葉が罪悪感を誤魔化すための薄っぺらいものだと感じた。
「それでも……普通にしてないと」
正志に知られたくない。彼の恋人でいたい。
卑怯《ひきょう》であっても、嘘をつきつづけても、正志のそばにいたかった。
〈俺も大好きだよ、桃花〉
返事を見て心に決める。五十嵐のことはすべて忘れ、なかったことにしよう。
なにもなかったかのように普通を装い、彼だけを愛しつづけよう。
悲劇のヒロインを気取って自分に酔っている感もあった。
それから一日で桃花は普通になった。

沢野家で朝食をいただき、いつもどおりの笑みを取りつくろう。これまでの過《あやま》ちすべてがまるで夢のように思えてきた。

なのに、彼のほうが普通でない。目の下の隈が濃いし、顔色も青ざめている。あきらかに体調が悪いうえに、心なしか怯えた様子でこちらを見てくる。

「まーくん……私の顔、なにかついてる？」

「いや……その首、どうかした？」

首筋にはキスマークを隠すための絆創膏を貼っている。胸が締めつけられたが、表には出さずに笑顔を浮かべた。

「なんだかかゆくて掻いたら、ガリッてやっちゃって」

「痛くなかったか？」

「うん、平気。心配してくれてありがと……まーくん」

だいじょうぶ、普通だ。そう自分に念じた。

いまはむしろ正志のほうが普通ではない。なにかの病気ではないだろうか。

食事を済ませて登校後も彼のことだけを案じた。

教室ではぼーっと宙を見つめて正志だけを想う。

沙奈に話しかけられても上の空を決めこんだ。

「でさ、でさ、桃ちゃん……どうだった？」

「なにが？」

「五十嵐さんと、しちゃったんだよね？」

小声で言われて、桃花は大きく身を震わせた。椅子をガタリと鳴り、教室の視線が集中する。沙奈が「桃ちゃんビックリさせちゃった」と笑顔で誤魔化すと、みながそれぞれの会話を再開した。

「そのリアクション、しちゃったんだね」

「……そのこと、言わないで」

桃花はうつむいて、低くそう告げた。

「そう？　じゃ、これはあたしたちだけの秘密ね」

理解が早いのはありがたいが、平然としていられる彼女が宇宙人に思えた。

あんな男にいいように抱かれて、なぜ笑顔でいられるのか。

恋人も好きな男もいなかったからだろうか。

（私は沙奈ちゃんと違う）

そう心に唱えた。

昼休み、五十嵐からＬＩＭＥメッセージが届いても無視しようと思った。もう一度と会うつもりはない。

だが、つづけて動画が送りつけられると悪寒《おかん》が走る。

「まさか……あのひと……」

トイレに籠もり、彼のメッセージを確認した。

〈オフパコ相手がブスだったから逃げてきた！　かわりにパコらせてくれ〉

〈あのときの動画あげるから〉

次に送られてきた動画は予想どおりの代物だった。

五十嵐に抱かれた桃花がよがり狂っている。手持ちスマホで撮ったとおぼしき場面もあった。快感に頭がぼけていた桃花はまったく認識していなかったけれど。

「なに、これ……」

唖然《あぜん》とした。醜態《しゅうたい》をさらした自覚はあったが、どちらかと言えば痴態である。媚態である。イヤだやめてと拒絶しているのは口先だけだと、見ただけでわかる。快楽に酔いしれ、男にしがみつき、自分から腰まで振っていた。

〈実は俺、沢野くんともＬＩＭＥ交換してるんだよね〉

いつでも彼氏に動画を送れるということだろう。

こんなものを正志に見られるわけにはいかない。知られたくない。自分が他の男とセックスをしてよがり狂う淫乱だなんて。

〈学校が終わったら家にいきます〉

逆らえるわけがなかった。


その日は日付が変わる前に帰宅できた。

口の中が気持ち悪い。三回抱かれて、四回目は口に出されたのだ。

風呂に入るついでにシャワーで何度もうがいをした。思いきってボディソープを口に含み、泡が消えるまでうがいをくり返す。精臭は消えたが、口内にボディソープの香りがこびりついた。

風呂からあがると、ベッドに倒れこんだ。疲れきっている。イキ疲れだった。五十嵐が四回射精するまでに何十回絶頂に達したかわからない。

宿題もせずに眠りたいが、スマホをちらりと見る。

沢野母からメッセージがきていた。

〈正志が寝込んでいます。様子がおかしいので、励ましてくれませんか〉

桃花は眠気を押して隣の家に走った。

罪悪感はある。顔を合わせられないと思った。

それでも、だからこそ、恋人のために行動したい。

沢野母に軽く挨拶をして、正志の部屋の前で息を呑む。薄っぺらい木のドアが重厚で巨大な鉄扉に見えてきた。

「……まーくん」

おそるおそるドアをノックした。

「母さん？　なに……？」

ひどく弱々《よわよわ》しい声に胸が痛んだ。

そっとドアを開く。

「まーくん、だいじょうぶかな……？」

正志はベッドで布団にくるまり、ドアに背を向けていた。

「だいじょうぶ、平気だよ」

「そう？」

絶対に平気ではない。いまにも死にそうな声をしている。

いっそ自分が死ぬべきだと思った。

こんなに大変な状態の彼氏を置いて他の男とセックスをするなんて、最低だ。生きる価値もない。死んでしまえ、と自分を殴りたかった。

けれど、桃花はぐっと自虐心を抑えこむ。

彼の弱った姿に、過去の出来事を思い出したのだ。

——まーくんのお嫁さんになって、一生看病する！

最低なのはいまの自分であり、過去の自分は一途に正志を想っていた。彼が求めているのも過去の桃花だろう。

であれば、誤魔化しであっても昔のままの自分でありたい。

「元気出してね……明日もしんどかったら、学校休んで看病するから」

ベッドの隅っこに座り、布団ごしに彼の肩を優しく叩く。

「いいよ、そんな無理しなくても」

「ううん、休む。私がしたいの、看病。昔の約束だしね」

布団ごしに正志を抱きしめた。優しく包みこむように——涙を流しながら。

(ごめんなさい、まーくん。私、浮気しました)

謝罪の言葉を告げるにしても、それはいまではない。

彼の体調がよくなったときにすべてを話して沙汰《さた》を待とう。

フラれても仕方ない。罵倒されても受け入れる。

それから一生、彼の幸せだけを祈りたい。たとえ彼と結ばれることがなくても、ほかの男に目も向けずに。
――自分が一途だって必死にアピールしてるみたい。
だれかに笑われている気がした。

第五章　牝堕ちJCの懺悔

正志はバイトの量を増やした。

週六で入って平日は夕方から深夜まで。休日はほぼ全日。

食事もバイト先で済ませる。家に帰るとシャワーを浴びて、宿題もせずにベッドに潜りこんだ。スマホアラームをセットしているとLIMEメッセージが届く。

〈まーくん、へいき？　最近がんばりすぎじゃないかな。このあいだ体調崩してからあんまり経《た》ってないのに〉

桃花に心配されただけで動悸《どうき》がする。以前のような胸のときめきではない。忘れたい記憶が触発《しょくはつ》されて血を吐くような気分になる。直接顔を見たらもっと取り乱してしまうだろう。だから忙しくして彼女に会わないようにしていた。

〈ちょっとほしいものがあるだけだから〉

どうにか平静を装って返事をする。スマホをサイレントモードにして眠ろうとするが、指が勝手に動いてしまう。液晶画面をタッチ操作し、会員制の動画サイトへ。

五十嵐のアップロードした動画を再生する。

床にぺたりと腰を下ろした桃花を見下ろす角度だった。おそらく五十嵐自身がスマホ撮影しているのだろう。

彼女の柔らかそうな頬を巨根がペチペチと叩く。

『ほーらほーら、雑魚ま×こをいっぱいイジメてやったチ×ポくんだぞ～』

『やっ……そんなにくっつけないで』

桃花は顔を背けながらも、視線だけは逸物に向けている。亀頭も幹肉も精液まみれなのは、彼女の胎内で何度も射精したからだ。もちろんゴムつきだが、そのせいで精液が全体に絡みついていた。

そんな汚らしい醜悪棒に対し、彼女の目は潤んでいる。

『なあ、キスしてくれよ。口と口でちゅーするのがイヤなら、チ×ポにキスぐらいしてくれないと俺寂しいわー』

五十嵐はそう語りながら、彼女の頬から唇に亀頭を滑らせた。

ふにふにと唇を押し潰されて、桃花はすこしずつ口を開いていく。

『ん……ふぅ、ん……』

唇が亀頭を浅く挟んだかと思えば、ちゅっと吸音が鳴った。

『お、いいね。その調子でちゅっちゅしろ』

五十嵐に耳をくすぐられて。くすぐったげに肩をすくめる。

そして、ちゅ、ちゅ、と控えめに何度も吸う。

ちゅう、ちゅう─っ、と長めに吸う。

『んぅ、ちゅっ、ちゅう─っ、ちゅっちゅっ、ちゅうぅ……』

『ほー、口ちっちゃいとキスもかわいくていいねぇ』

たしかに桃花の口は小さい。赤子の握り拳ほどもありそうな亀頭に太刀《たち》打ちできるようには見えない。だからこそ、だろうか。彼が腰を震わせるたびに、桃花は心なしか得意気に眉を浮かせている。

『手でしごいてくれよ』

『んっ……手って……こう?』

桃花は五十嵐の逸物に両手を添えた。指が伸びきっていない、いとけない手だった。

硬くて重い巨根を持ちきれないほどにサイズ差があった。

すこしずつ上下にしごきはじめれば、また五十嵐の腰が震える。

『おー、気持ちぃー。上手上手、やるじゃん』

『べ、べつに、そんなの上手くなりたくないし……』

頭を撫でられて、桃花は気弱に眉を垂らした。逆に手つきには力がこめられていく。速度もすこしずつ上がっていく。

「そんなやつ気持ちよくさせることないじゃないか……！」

手淫であれば正志も桃花にされたことはある。だが彼女の手という対比物があるせいで五十嵐の大きさがわかりやすい。あきらかに自分より男として上だ。桃花の手つきには愛情でなく畏敬《いけい》の念が込められている気がした。

『そろそろちっちゃいお口でペロペロしてくれよ』

『ここまできたら、やるけど。あーん……』

桃花はふてくされた顔で大口を開いた。鼻の下が伸び、舌がめいっぱい押し出される。うっとりとろけたような表情に見えた。

「俺のときより舌出してるんじゃないか……？」

相手が正志より大きいからこそ、自然と舌が大きく出るのかもしれない。だとしたら男としてますます敗北感が募る。

『れろ……れろ、ちゅくっ、れちゅっ、くちゅちゅッ』

精いっぱい出してもなお小さな舌がペニスを這った。最初は先端を上下になめるだけ。やがて唾液の跡をつけて亀頭全体に。間もなく幹まで降りていく。その際に手を使って竿の角度を変えるのが存外に巧みだ。

「本気でフェラしてるじゃないか……！」

手を抜いてもいいだろうに、桃花はしっかり技巧《ぎこう》を尽くしていた。彼女とて経験豊富ではない。ただ顔も体も小さいので、正志との行為でも多少の工夫は必要だった。しかも相手がより大きいので、工夫ふとつでは足りない。

『んぅ……えぉおっ……れろれろれろッ、ぐちゅっ、べろぉ……』

桃花は顔を傾け、位置を変え、巨根の隅々《すみずみ》にまで舌を伸ばしていく。ほんの一部であれなめずにおくわけにはいかない——そんな執念《しゅうねん》が垣間《かいま》見えた。

「俺にしたときより熱心じゃないか……！」

知らないフェラチオだった。

知らない表情だった。

正志の前で見せたことのない痴態だった。

『へへぇ、やっぱこうなるよなぁ』

『なにが、ちゅっ、れろっ、ですか……？』

『女ってのはチ×ポに屈服《くっぷく》したくなる生き物なんだよ。気持ちよくしてもらえばもらうほど、チ×ポ様に感謝の気持ちが湧いてくるんだ。パコッてくれてありがとうございます、誠心誠意おしゃぶりいたしますってな』

『バカみたいなこと言ってる……』

『ま×こバカになって痙攣止まらなくなったエロガキがなに言ってんだよ』

女性を愚弄《ぐろう》する物言いが、正志に衝撃と納得を与えた。

たしかに桃花のフェラチオには誠意のようなものが見える、かもしれない。自分をよがらせた男に本能的な畏敬の念を覚えたのではないか。

『ほら、くわえろ』

『……あむっ、ちゅぢゅっ、ちゅろぢゅろッ、ちゅむぅうっ』

桃花は言いなりで逸物をくわえた。亀頭を口に含んだだけで顎が外れそうなのに、ちゅぱちゅぱとしゃぶりだす。くわえきれない部分は手でせっせとしごく。嫌々《いやいや》やっているとは思えないほど情熱的だ。

『あー出るっ、あーイクわーっ』

五十嵐は愉しげに声をあげ、腰を激しく蠢動させた。

桃花が目を剝く。頰がぷっくり膨らむ。

『んんんーッ！』
ぼぴゅ、と口から白濁があふれ出した。
『吐き出すな！　飲めッ！　ほら、飲め飲めッ！　うまいぞ、そらっ！』
五十嵐は桃花の小さな頭をがっしりつかんで後退を封じた。
どくん、どくん、と絶頂のエキスを注いでいく。
『んっ、んーッ……！　ん、ぐっ！』
桃花の喉が鳴る。苦しげにしかめられていた目元がほんのりゆるんだ。
ごく、ごく、とさらに喉が鳴る。
『おー、うまいじゃん。ザーメン飲むセンスありすぎねぇ？』
軽薄で下卑た笑い声を浴びながら、桃花はさらに喉を鳴らす。
やがて射精が終わり、ペニスが抜き取られた。
彼女の口は自然と開きっぱなしになる。
口内に白濁は残っておらず、顎や頬に五十嵐の陰毛が付着していた。
動画はそこで終わった。
他の動画では、仰向けの五十嵐に桃花がのしかかっていた。

彼の股間に押しつけた豊乳をせっせと手で前後に揺らす。

袋状の皮膚にみっちり詰まった柔肉が淫らに形を変える。

両乳の狭間には赤黒い剛直が挟まれていた。

『パイズリ奉仕も覚えとけ。その乳で挟まれて悦ばない男なんていねーから』

『そんなの、んっ、知らないっ、んっ、んっ』

『彼氏にもしてやればいいじゃん』

『■■■■のことは言わないで……！』

人名が出てくるときは音が消える。妙な気遣いがかえって腹立たしい。

「俺だってまだパイズリはしてもらってないのに……！」

正志もいずれ桃花にしてもらうつもりだった。ただ、強引に求めて嫌な気持ちにさせたくはなかった。セックスにしてもそうだ。まだ中学生の彼女を思い遣って我慢した結果が、間男《まおとこ》に処女を奪われる始末。

しかも恋人の浮気風景が動画にされてネットで晒されている。顔のモザイクが取れるのは有料会員サイト限定だが、それでもひどい屈辱だった。

だれかが一回再生するたび宝物に泥をかけられる気分だ。

あるいは――そこに映ってもいない自分が嘲笑《ちょうしょう》されているような。

寝取られ男の無様《ぶざま》さを世界中でバカにされているような。

『はー、彼氏持ち巨乳のパイズリ燃えるわー』

卑劣なセリフに桃花も歯を食いしばっている。彼女は嫌がっていると思いたい。ただ脅されているだけだと信じたい。それなら五十嵐を憎めば済む話だ。法的手段を使ってでも桃花から引きはがし、彼女を自分が保護すればいい。

けれど、彼女の反応が正志の信頼を打ち砕く。

『ぁへぇえっ』

ひどく間の抜けた悦声だった。

五十嵐に片方の乳首をつまれただけでこれだ。

『乳首どんどん弱くなってんな。ためしにパイズリでいっしょにイッてみるか?』

『やぁあ……! 乳首いやっ、やだっ、やだやだぁ……へぁあああっ』

五十嵐の乳首責めは多彩《たさい》だった。

つまんでしごく。やんわり挟み潰す。強く潰す。指の腹で引っかく。爪で優しく引っかく。ボタンを押すように潰す。指の腹で全体を擦る。五指を広げて連続的に擦る。爪でピンッと弾く。などなど枚挙《まいきょ》にいとまがない。

そのすべてが桃花を的確によがらせるために使われていた。

『はひっ、はへっ、あっくるッ、もうきちゃうッ、やだやだやだぁあっ』

桃花は背中を痙攣させながら、乳房を揺することをやめない。挟みこんだ巨根に奉仕することを本能にインプットされているかのように。

乳揺れが速くなるにつれ、乳首が肉房と五十嵐の指で綱引きになる。いかにも痛そうなぐらい引っ張られる形である——が、桃花の顔はなおのこと酩酊《めいてい》気味にゆるんでいた。

『はっ、はへっ、あへぇぇえッ』

『たっぷり感じて神経熱くしてから痛くされるとマジで効くだろ？　そらいっしょにイクぞ、乳首アクメきめろッ！』

『はへぇぇえぇえぇえッ……！』

五十嵐はひときわ強く乳首をつまみ潰し、桃花を法悦の頂点に押しあげた。

同時に彼の逸物からも白濁が噴き出す。乳間を飛び出して桃花の顔に飛び散るほど大量で、すさまじい勢いのものが。

桃花は絶頂に身震いしながら、恍惚《こうこつ》と汚辱を受けていた。

桃花が奉仕をする動画ばかりではない。

五十嵐が自慢の竿を使わず桃花をよがらせるものもあった。

カメラはベッドの正面に設置している。

『も、やだぁあ……！』

桃花は羞恥に顔を覆っていた。

細脚を限界まで開いてカメラに股を見せつける体勢だ。その後ろに腰を下ろした五十嵐が、彼女の脚が閉じないよう自分の脚を引っかけている。

『見てよこのＪＳみたいなパイパンすじま×こ！　いまからこのかわいらしいワレメをイジメ倒してほかほか雑魚マ×コにしちゃいまーす』

五十嵐の手には淫具が握られていた。男根を模《も》したバイブとコケシ型のマッサージ器。それらが無毛の閉じた秘処に近づくと、桃花はいやいやと首を振る。

『ま、待って、ふたつ同時は無理……！』

『いけるいける。[redacted]は雑魚マ×コの天才だから』

『あうぅ、なんで酷いことばっかり言うの……』

『おまえが浮気大好きドＭ女だからだろ』

五十嵐はまずバイブを縦割れに押し当てた。

ぬるり、とことのほかあっさり入る。

『ひっ、んぅう、冷たいぃ……！』

『ほら、いまの入り方見た？　こんな小指も入らなさそうなガキ穴のくせしてズッポリとか、ハメ倒されるためのマ×コって感じ？』

彼女を責める言葉に正志もまた傷ついていた。自分の愛情まで貶《おとし》められている気がして胸が張り裂けそうになる。

『まあ見た目どおり穴は浅いので、こうやれば簡単に奥当たりますよ、と』

『はひッ……！　あぁああッ……！』

バイブの底を上下に揺らされただけで、桃花は喉を反らして感じ入った。

『みんな想像してね～。チ×ポねじこんで、ぐうう～って押しあげんの。コリコリしたとこ亀頭で擦り潰したら、こんなにあっさりと――』

『ひんんんんッ……！』

『ほらイッた！　この穴、マジでクソ雑魚です！』

ヒャハハ、と五十嵐が声を裏返して笑う。嘲《あざけ》っている。腹から尻へと痙攣を広げてオルガスムスに達する桃花を。愛らしくも艶やかな嬌声をあげる幼げな少女を。

鬼畜だった。

おなじ男として許しがたい所業だった。

「なんでこんなヤツの言いなりになってるんだ……！」

正志には桃花の考えがまるでわからない。

すくなくとも動画の状況では、脚を閉じられず逃げられないのだろうが。

『じゃあ次、バイブスイッチオン』

桃花の絶頂が止むころにバイブが震えだした。

『あっ！　んんッ、あぁああッ……！　イッたばっかりなのに……！』

『子宮口ブルブルも好きだろ？　ついでにこっちもな』

五十嵐は電動マッサージ器のスイッチを入れ、バイブの上に近づけた。

『ひっ、やっ……！　待って、それ無理……！　いっしょには絶対無理だから！』

『[redacted]ちゃんむずかってんねー。これ早くくださいっておねだりなので』

『ち、違っ、あぁッ、ああーッ！』

マッサージ器の頭が秘処に押し当てられた。バイブの上、クリトリスのある場所。

たちまち桃花の脚が痙攣しはじめる。

『待ッ、待、まっ、まぁああああッ！』

ビクリ、と腰がわななないた。

つま先がピンと反り、V字に開かれた脚が何度も宙を蹴る。

『はいまたイッた。もう一回お願いしまーす』

『ひっ、も、いっかい、むりッ……！　イッてるッ、いまイッてるからぁ！　やめてくださいッ、ごめんなさいッ、ごめんなさいぃいッ』

桃花の声はもはや悲鳴になっていた。耳に刺さるほど甲高《かんだか》く、痛々《いたいた》しい。

なのに五十嵐は意に介さない。平然と淫具を使ってくる。

ふたたび桃花は痙攣した。

『あひぃいいいいッ！』

宙を蹴ったかと思えば、腹と腰と股が尺取り虫のように蠕動《ぜんどう》する。

『ひっ、ぉおおおッ……！　ヤバいヤバいヤバいッ、無理無理無理やだぁあああッ！　イクイクイクッ、またイクッ、イグぅうううッ！』

『お、もうループきた！　アクメループきたッ！　外イキと奥イキが連発してアクメ止まらなくなるやつ！　これけっこう才能必要なんだよねぇ！』

五十嵐の嘲笑を受けながら、桃花は強制的な絶頂の連続に狂った。

何度もイキ、痙攣し、声が嗄《か》れていく。

パシャッと飛沫《ひまつ》が散った。

『おおおッ、あぁあああッ……！　出たッ、なんか、出たぁああ！』

『お、人生初の潮噴きおめでとさん。この噴き方、こっちの才能もあるじゃん。[redacted]って負けるために生まれてきたみたいなマ×コだなぁ』

さらに桃花はイキ、噴き、またイキ、噴いた。

豊かな乳房に反して薄くて幅の狭い尻や細い脚は少女性の体現だ。そこから飛び出す透明な体液は幼子のお漏らしを思わせる。

「桃花はまだ子どもなのに……！」

正志とて性的な行為はしてきたが、ここまでの無茶はさせなかった。

鬼畜はさも愉しげにバイブを深く押しこむ。

『そらラスト一発イケッ、オラッ！』

『あへッ、ぉおおおッ……！　おんっ、おんんんんんんッ！』

最後の絶頂と潮噴きでベッドには水たまりができた。

淫具が離されると、ようやく桃花は弛緩《しかん》する。ぐったりした彼女の口元に、五十嵐が濡れた手を押しつけた。

『なめろよ、おまえので汚れたから』

『は、い……』

桃花は朦朧とした様子で五十嵐の手をなめはじめた。自分の体から出た汚れを隅々まで綺麗にしていく。まるで従順な犬のように。

そんな彼女の顔がうっとりと幸せそうに見えたのは気のせいだろうか。

「気のせいだ、そんなの……！」

正志は自分に言い聞かせるように言いながら、射精した。

動画を見ながらオナニーをしてしまい、今夜三回目の絶頂である。

恋人の体温も感じられない孤独な快楽だった。


そんな日々をすごしていると、寝不足が日常化した。

授業中に昼寝をすることも増えた。

それでもバイトのシフトは減らしたくない。家に帰って桃花と顔を合わせるのが恐かった。彼女になにを言われるのか、自分がどんなことを口走ってしまうのか、想像するだに恐ろしい。

わずかな休みには友人と約束があると嘘をついて家を離れていたのだが……。

「あなた、今日はバイト休みでしょ？　ちょっと夜まで留守番してくれる？」

よりにもよって日曜日、親からそう頼まれた。

「いや、でも……」

「子どもじゃないんだしお留守番ぐらいできるでしょ」

反抗しようのない物言いに正志は屈した。

留守番中にできることならいくらでもある。学校の宿題をしてもいいしテレビゲームをしてもいい。ただ能動的に動くのは億劫《おっくう》だった。

リビングでテレビを垂れ流した。

昼には冷凍のスパゲティと肉まんを食べた。満腹になるとウトウトしたので、眠気に身を任せる。なにも考えずに済むならそれが一番だ。

意識が落ちて、夢を見た。

まだ胸がぺったんこだったころの桃花がソファで震えている。

嗚咽を漏らし、泣いている。

正面にはテレビがあり、宇宙人とUFOの特番が流れていた。銀色の肌に黒い目の宇宙人が人間を誘拐して金属片を埋めこむ――そんな胡散臭いドキュメンタリーが幼い桃花には恐ろしくて仕方ないらしい。

正志はどうあやしていいかわからず、とりあえず頭を撫でてやった。

「だいじょうぶだよ。宇宙人なんかいないから」

「本当……？」

「うん、いない。だから怖がらなくていいんだよ」

桃花は子犬がすがりつくような目をしていた。宝石みたいにキラキラの涙が綺麗だった。こんなにも可愛い生き物がいるのかと、正志は感動した。

(このときにはもう、俺は桃花が好きになってたんだ)

付き合うようになったのはもっと後のことだが、恋心はすでに芽生《めば》えていた。長い時間をかけて恋愛感情を育んできたのだ。

「桃花……」

呟いた拍子に、自分の声で意識が戻った。

リビングのソファでまぶたを開けば、目の前で宝石の雫《しずく》が流れ落ちる。

桃花が隣に膝立ちで擦り寄り、上から顔を見下ろしていた。正志が起きたことで目を丸くし、また一粒涙を流す。

「まーくん……」

「あ、ああ、桃花……どうかしたのか」

自然と手が動き、人差し指で彼女の目をぬぐい取っていた。顔を合わせれば怒鳴るか逃げ出すかの二択だと思っていたのに。

桃花は両手でしっかりと正志の手を握りしめた。

「まーくん、私……」

頬ずりをしながら、彼女の手は震えていた。

やはり正志の体は自然に動く。

桃花を抱きしめて、頭を撫でた。最初は緊張していた彼女の体がゆっくりと弛緩し、しゃくりあげる声が聞こえた。

（やっぱり俺……桃花を失いたくない）

五十嵐との関係を考えると胸が痛くなる。なぜ裏切ったのかと怒鳴りたくもなる。脅されたのだとしても、なぜ自分に相談しなかったのか。自分はそんなに信頼できない男なのか。

頭の中がぐるぐるする——けれど。

抱きしめた背中の薄さと乳房の大きさが、暖かな体温が、心をほだしていく。鼻腔《びくう》をくすぐるシャンプーと石鹸の匂いに意識がぬくもる。ほんのりと少女特有の甘酸っぱい体臭が香ってくると、もはや体が耐えられない。

「あっ……まーくん……」

桃花は硬く尖った逸物で腹を圧迫され、甘い吐息を漏らした。

強く、きつく、正志を抱きしめて、途切れそうなかすれ声で、言う。

「まーくん……セックスして」

愛らしい声で言ったかと思えば、彼女は唇を重ねてきた。

舌をねじこみ、絡め、正志の舌をすすりだす。

ちゅばちゅば、じゅるぢゅると卑猥な水音を奏《かな》でながら。身をよじって肉乳の柔らかみを胸板に擦りつける。自分の存在を全身全霊でアピールするかのようだ。

やがて口を離すと唾液の糸が何本も伸びた。

「私を……まーくんだけのものにして」

しばらく会えなかったことで、たがいを求める気持ちが膨らんでいたのだろう。

ようやく会えたことで、感情が爆発した。

正志は止まれなくなった。


自室のベッドに全裸の桃花を寝かせて、何度もキスをした。

もちろん正志自身も脱衣済み。

舌をしゃぶりあうたび、彼女を夢中で抱きしめる。口舌ばかりでなく素肌と素肌の触れあいも気持ちいい。体をよじるとペニスがスベスベの柔い肌でこすれてたまらない。それだけでカウパー汁が大量に漏れ出す。

「桃花、桃花っ、ちゅっ、ぢゅるっ、ちゅくちゅくッ」

「まーくんっ、まーくんッ……！　すきっ、だいすきっ、ぢゅるるるッ」

自然とたがいの体を触りあっていた。

胸と胸。腰と腰。脚と脚。そして性器と性器。テクニックなどありはしない。ただ情熱のまま触りまくった。

正志は乳首をつまみ、小さな秘裂に指を出し入れする。

桃花も乳首を擦り、ペニスをしごく。

「あっ、ああっ、まーくんすごいッ……！　もっと、もっと触って！」

「桃花ももっと……！　もっと触ってくれ……！」

たがいの肌が熱かった。口からはよだれが大量に出た。もちろんカウパー腺液と愛液もだだ漏れだ。おたがいの体液にまみれることでいっそう興奮した。

「桃花、俺、俺……！　もう、もう……！」

「しよ、セックス……！　すっごいセックスして、本当の恋人になろっ！」

桃花はみずから脚を抱えて股を開いた。

一本スジが脚に引っ張られてほんのり開き、白んだ露《つゆ》が尻を伝う。呼吸にあわせてヒクつく割れ目がいとおしくて、正志は膝ですり寄った。

亀頭を押しつけると、それだけで桃花は幸せそうに目を細める。

「あぁあ……ようやく、ようやくまーくんと、できる……！　まーくんとえっち、まーくんとセックス……！　入れて、ねえ早く、入れてっ……！」

「い、入れるぞ……！　桃花に俺のを入れる……！」

ゴムをつけるような余裕はなかった。

正志はなにも考えずに己の突端を桃花に挿入した。

「あっ……！　まーくん、熱い……！」

桃花の脚が腰に絡みついてきた。腕を背中にまわしてきて、絶対に離すまいとしている。情熱的なホールドに正志は酔いしれた。

膣内の感触も極上。濡れた粒襞が擦り付いてきて、動かなくても気持ちいい。

「あぁ、桃花、すっごい……！」

根元までぬくもりに包まれているだけで腰が震える。射精してしまいそうだ。

「動いて、まーくん……！　私の中、たくさんいじめて……！」

潤んだ目で求められると奮起《ふんき》せざるをえない。

(アイツのはこんなふうに求めてない……！)

やはり桃花が愛しているのは自分なのだと実感し、心が昂った。やはりあの男には脅されて、嫌々していただけなのだ。

それでも——自分より先に他の男にセックスをさせた。

理屈を越えた怒りがいとおしさと混じりあい、ガソリンのように着火《ちやつか》する。

いきなり乱暴に腰を振った。

「桃花！　桃花ッ！　桃花ッ、くそッ、桃花ッ！」

サイズで五十嵐に劣っているなら、勢いで負けるわけにはいかない。思いきり奥まで叩きこんで、あの男とおなじ深みまで届かせたかった。

「あぐっ、んっ、あぁあああッ……！　奥っ、いいッ、奥当たってるぅうッ！」

快感に桃花の体がこわばり、正志の背中に爪が食いこむ。その反応が男の自尊心をくすぐる。元が小さな少女である。普通サイズの男根でも奥まで充分に届く。

「俺のものだ……！　桃花は絶対に俺のものだ……！」

うわごとのように吐き出しながら、ひたすらピストン運動に耽《ふけ》った。

「あんっ、あーッ、そうだよっ……！　私はまーくんのものだからッ、いつでもセックスしたいからッ……！　毎日でもまーくんと、パコパコしたいぃッ！」

強く突けば突くほど胸の大玉が暴れるのも視覚的に強い。愛らしい桃花の体で唯一色気を濃縮した部位に目を奪われる。

「俺の、俺の、桃花ッ……！　あぁあッ……！」

激しいピストンの代償《だいしょう》としてペニスいっぱいに愉悦が溜まっていた。睾丸がせりあがり、海綿体がぷっくり膨らむ。

「あっ、大きくなってる……！　まーくん、おっきいっ……！」

「あああッ、ダメだっ、もう、もう……！」

「いいよ、まーくんっ……！　出してっ、射精してッ！」

きゅきゅっと小穴が窄まった。その刺激がトドメだった。

「ああッ……！　イクッ……！」

正志はとっさに腰を大きく引いた。

ぬぽんっと結合が解け、冷たい外気に触れた途端に射精がはじまる。

腰がとろける快感に呆け、彼女の下腹に白濁をぶちまけた。

「あっ、出てる……ぴゅっぴゅって……あはっ」

桃花は嬉しげに目を細めて正志の男根を見つめていた。

「まーくん、気持ちよかった？」

「う、うん、すごかった……桃花は？」

「よかった……幸せだった」

桃花は正志の首を抱きよせて、またキスをした。今度は浅く、唇をつけるだけの子どもっぽい口づけ。

「私には、まーくんだけだよ」

その一言で正志の心は解放された。

正志と桃花は暇を見つけてセックスに耽った。

親に隠れて正志の部屋で交わる。夜に野外ですることもあった。どちらも声をひそめることでかえって淫靡な雰囲気を楽しめる。

もちろん初回と違ってコンドームを使っている。男のマナーだ。

バイトのシフトも減らしたが、それでも勤務中はそわそわしてしまう。

(早く会いたいな)

厨房で冷凍食品を温めながら思う。

電子レンジでも叶わないぐらいに熱い気持ちをぶつけたい。

(もう絶対に離すもんか)

すべての過ちは忘れようと思う。彼女の笑顔を見ていれば五十嵐との関係が切れていることは想像に難《かた》くない。もし向こうからちょっかいを出してくるなら彼氏が追い払うべきだろう。

「ええー、桂さんそれマジ？」

女性バイトが声をあげた。

向かいでは化粧が派手になってきた優乃が下品に笑っている。

「そう、5P！　まわされちゃった！　超燃えた！」

「いや無理無理無理！　そんな男ばっかに囲まれて恐くない？」

「ちょっと恐いぐらいのほうがオスって感じで燃えるし」

離してる内容はもちろん、言葉遣いも以前とはまるで違った。正志にとっては話しかけにくい存在になったが、とくに気にはしない。女性は桃花だけいればいいと思っている。

「でもやっぱ照さんが一番ウマいかなぁ」

「食べくらべしてわかったの？」

「うん、やっぱ数こなして相性確かめたほうがいいわ」

正志は下品な会話に辟易《へきえき》しながら、ふと思った。

（食べくらべ……？）

その言葉が頭に引っかかって仕方ない。

バイトが終わるまで思考の隅から消えなかった。

帰りは自宅まで直行。LIMEで桃花から〈今日は宿題多いからガマン！〉と連絡が入っていた。会いたくて仕方ないが正志もガマンする。ほぼ毎日会っているのだから、一日二日は学業を重んじるべきだろう。

家に帰って夕食を摂り、シャワーを浴びて自室に戻る。

窓を見た。

隣家の窓にはカーテンがかかっている。遮光《しゃこう》カーテンだが部屋の明かりでぼんやりオレンジ色に染まっていた。

正志はLIMEを開いてメッセージを送った。

〈勉強は捗《はかど》ってる？〉

〈そこそこ。いやちょっと微妙かも〉

〈俺もがんばるから桃花もがんばれ〉

〈がんばったらご褒美にえっちしてくれる？〉

〈めちゃくちゃする〉

〈やったぁ！　まーくん大好き！〉

些細《ささい》なやり取りで心が満たされる。顔を合わせて触れあえないのはもどかしいが、彼女はたしかにそこにいる。想いは通じあっているのだ。

正志も宿題に取りかかった。逃避していた時期に遅れたぶんを取り戻したい。

たった三十分ほどで驚くほど進んだ。集中している証拠だ。

さらに三十分で宿題を終わらせる。

一息ついて、夜食のスナック菓子をひとつまみ。

「柚子《ゆず》こしょう味はあんまりだな……わさマヨ味のほうがよかったか」

ふたつ買って食べくらべるべきだったかと苦笑する。

——食べくらべ。

忘れていた単語が頭に浮上した。

桂優乃が言っていた。異性関係は数をこなして相性を確かめたほうがいいと。

五十嵐の影響で彼女は別人のように変わってしまった。それは構わない。しょせん彼女はただのクラスメイトでしかない。

「まさか、桃花までそんな影響を受けてたりはしないよな」

信じると決めた。彼女の愛情は自分のものだと信じた。

過去の不貞《ふてい》は忘れることにしたのだ。TWEETERの裏アカは消した。五十嵐の会員サイトからも脱退した。LIMEでも彼をブロック。それで終わり。

「……なのに、クソッ、なんで俺はこうなんだ」

学習机の隣のPCデスクに椅子ごとスライドする。PCを起動。

こちらのブックマークには五十嵐の会員サイトがまだ残っている。なぜ残しているかと言えば、心のどこかに疑念が残っていたのかもしれない。

脱退はしたので会員サイトの内容はほとんど見えない。表示されるのはTWEETERの裏アカでも投稿している画像や不完全な動画ばかり。

「信じてるぞ、桃花……」

マウスホイールをまわして画面をスクロール。

ボカシの入った有料プラン用のサムネイルがつづく。

そのうちひとつのタイトルが目に入り、正志の心身は凍てついた。

《ひさびさ！　チビ巨乳ちゃんNTR生ハメ！》

日付は三日前。サムネイルはやはり全面ボカシ。

なにも考えられない。マウスをつかんだ手だけが勝手に動く。PCゲーム用に蓄えておいた電子マネーで有料プランに加入。

サムネイルのボカシが取れた。

「……なんだこれ」

表示されたものに唖然とする。

見たこともない出で立ちの少女がそこにいた。

いわゆるコスプレ。メイド服の一種だ。

エプロンドレスをアニメ漫画的にアレンジした膝上丈のワンピース。胸元は大きく開かれ、深い谷間の上半分がくっきり浮き出ている。

フリルのカチューシャをつけた頭は紫色のツインテール。当然ウィッグだろう。彼女の髪はいつも自然な黒髪だった。

「桃花、なのか……？」

うつむき気味で顔がよく見えない。

もしかしたら、よく似た体型の別人かもしれない。

確かめるためにも、動画を再生した。

『ふうん、[redacted]はこのキャラ好きなの？』

後ろから男が問いかける。服を大きく押しあげる乳房を撫でまわしながら。他方の手は撮影用スマホを構えているらしく画面に映らない。

『キャラっていうか……Vチューバーで……んっ、あぁ、よくゲーム配信見てるから、あんっ、ふぅ、ふぅ、やっ、くんッ』

聞き覚えのある声だった。かすかな動きで覗けた面立《おもだ》ちは、小学生にしか見えない童顔。つい昨日も正志の腕の中で愛らしくよがっていた顔だ。

それが、切なげに震えていた。恋人でもない男に触られて、恋人にしか見せるべきでない顔をしている。

『彼氏とはコスプレエッチしてんの？』

『あっ、んッ、してない……今日は[redacted]が着せてくるから……』

『好きなコスプレ選べって言ったらけっこう乗り気だったくせに。彼氏にもおねだりしてみりゃいいじゃん。普通に売ってるんだからさ』

『[redacted]がバイトで稼いだお金、こんなことで使わせたくないし……』

『もったいねー。彼氏くーん、この子コスプレセックスめちゃくちゃ燃えるタイプだから衣装買ってやれよ～！』

言いながら、爪で胸の突端を引っかく。服の尖りようからしてブラジャーはしていない。大きく膨らんだ乳首に鋭い刺激を受け、桃花は首筋をぶるりと震わせる。

『はあッ……いやっ、[redacted]のこと言わないで……！』

『いまさら一途なフリなんてしてもなあ』

五十嵐は乳首をつまんだ。

ねじあげた。

服ごと引っ張り、乳房が伸びるほどに。

「そんな、乱暴な……！」

自分なら絶対にすることのない嗜虐行為に正志は焦る。苦痛のあまり桃花が泣きわめくのではないかと思った。

事実、彼女の声は部屋に反響するほど大きい。

『ひっ、んぃいいいいいッ……！』

肩がこわばり、首がよじれ、ヒクン、ヒクン、と脚がわななく。

眉をぎゅっと寄せ、歯を噛みしめた表情は苦しげで――どこか恍惚としていた。

『乳首イキ早すぎだろ、おらっ』

さらに乳首をねじられて、桃花はウィッグを揺らしてまた喚《わめ》く。

『あっ、んおッ、ぉひぃいいいいッ』

跳ねあげた顔は苦しさと切なさを湛《たた》えて赤らんでいる。正志がいままでに何度も見てきた顔だった。

「おなじじゃないか……俺とセックスしてイクときと」

自分が精いっぱい腰を振り、彼女の身を案じて優しく愛撫も加えて、ようやく導き出せる至福の境地《きょうち》を、五十嵐は人差し指と親指だけで実現してみせた。

正志は男としての敗北感に呆然として、ただ動画を見つめる。

桃花はつづけて三回も乳首つねりで絶頂に達した。

ぐったりと彼の体に背を預け、うっとりと熱い吐息を落とす。

『はい、雑魚乳首のアクメスイッチ検証でしたー』

五十嵐がピースをして動画は終わった。

「乳首だけで、しかもあんな乱暴なことされて、こんなイキかたするなんて……」

打ちひしがれながらも、正志は止まれなかった。

まとめて並んでいる次の動画を再生。

桃花がベッド脇に立ってスカートをまくりあげている。下着はない。下腹からくるぶし丈のフリルソックスまで素肌が丸見えだ。

少女の清純さを形にしたような、肉付きが薄く細い脚――その内腿から膝下まで、ナメクジが這ったような跡がいくつもついていた。

『ごめんなさい……乳首イキだけでこんなに濡れちゃいました』

そう言って、甘い息を吐く。

『彼氏に申し訳ないのに濡れちゃったねえ』

『うぅ……[redacted]がこうしたんじゃないですか』
『彼氏がいるのに他の男に開発されてどんどん淫乱になっちゃったんだよね?』
桃花は言い返せない。
ただ、新たな雫が脚を伝ってナメクジの跡を作る。
『おい、マゾガキ』
軽薄で陽気だった五十嵐の声から突如として感情が失せた。
『おまえはなんだ?』
冷徹《れいてつ》な声に唯一含まれた感情は侮蔑《ぶべつ》だろうか。
桃花は息を吞み、泣きだしそうに眉を垂らして細く呟く。
『コスプレで浮気えっちしにきた淫乱です……』
かすれて消えそうな声とともに、肉欲の雫がしたたり落ちる。
『それだけか?』
『……ちびっこなのに胸だけ育った、デカパイのマゾガキです』
『彼氏にごめんなさいは?』
『ごめん、なさい……淫乱な浮気女でごめんなさい、[redacted]……!』
愛らしい膝小僧がぴくん、ぴくん、と震えを宿す。震えたぶんだけ、雫の伝う速度があがる。フリルソックスが湿っていく。彼女はカメラの前で自分を卑下することで、ひどく昂揚していた。

「こんなに……マゾだったのか……」

よく知っているはずの少女が、まったく知らない別の顔を隠していた。いや、多少はそうだと感じてはいた。だが具体的な行為と反応で知ることはなかったのだ。

画面が揺れた。

五十嵐が桃花に手を伸ばし、下腹にそろえた指先を押し当てる。秘処の上、子宮のある位置。太っていなくとも柔らかな肉質がぐにりと窪《くぼ》んだ。

『あっ……やだ、そこ、いやです……！』

『黙れよ、エロガキ。浮気でここいじめられて何回イッた？』

『んっ、ああッ、だめっ、やだっ……！』

指先の押し引きで子宮をノックされて、脚がさらに濡れていく。ソックスが湿っていく。床の絨毯《じゅうたん》にまで染みができていた。

「嘘だろ……！　そんな、触ってるだけで……！」

ペニスを挿入しているわけでもない。直接突いてイカせることなら正志にもあった。けれど、五十嵐のしていることは別次元の行為だ。

そういえば――動画の説明テキストにこんな説明文もあった。

〈低音ボイスと体外ポルチオで即アへる超絶雑魚ま×こちゃんに仕上がってます〉

ポルチオ。つまり子宮。

五十嵐の声はひときわ低く、地響きのように空気を震わせる。

『かわいそうな彼氏に謝れよ、浮気穴ガキ』

『ごめんなさっ、いぃいッ……！　ごめっ、ごめんっ、ぁああっ、なさいぃいいッ、[redacted]ッ、ごめんなさいッ、ぃんッ、んぁぁあああッ……！』

ひときわ大きく桃花の総身が震えあがった。

ぴしゃ、ぴしゃ、とシャワーのような水音が鳴る。

細脚のあいだを透明な雫が噴き出していた。

『……ぷっはッ！　ぶはははははッ！　潮噴きまでは予想してなかったわ！　[redacted]おまえマジでま×こも子宮も雑魚すぎんだろ、おい！』

五十嵐は冷徹さを捨て、軽薄な嘲笑とともに彼女の頭を撫でた。殴りつけるように乱暴な撫で方でウィッグがずれて黒髪が見える。

『あぁあ……ごめんなさい、[redacted]、ごめんなさいぃ……！』

何度も謝罪を重ねながら、桃花の顔は悲痛さよりも酩酊感が強い。

まぎれもなくM性感に溺れていた。知らない久野桃花だった。

動画はそこで終わったが、正志はなにもできずに途方に暮れるばかりである。

「ぜんぶ、嘘だったのか」

過去の浮気を問うつもりはなかった。

いま現在、だれでもなく自分だけを愛してくれるなら、その気持ちに応えたい。いまもその想いは変わらない。

なのに桃花は継続的に五十嵐と関係を持っている。

「俺がしたこともないようなことを、アイツにやらせてる……！」

正志は自分の太ももを殴った。痛みに腹が立って、また殴る。くそ、くそ、と悪態をくり返して自分を殴る。

桃花がしているのは裏切りだ。

ずっと昔から育んできたふたりの絆《きずな》を踏みにじる行為だ。

(俺が男として劣ってるからか)

惨めったらしい思考に陥《おちい》り、死んでしまいたくなった。

けれど——桃花を憎むことは、できなかった。

どれだけ怒っても、彼女を殴りたいとか、殺してやりたいとは思えない。

冷静に考えれば、さっさと別れたら済む話だ。そうすれば彼女も恋人を裏切った後悔に打ちひしがれるだろう。

「でも……！」

それでも、桃花を手放したくない。ずっとそばにいてほしい。

五十嵐とのセックスがどれほど気持ちよくても、それは体だけだと思いたい。彼女の心はいまも正志を求めている。だからこそ罪悪感が言葉になるのだ。

その事実を確かめるためにできることはひとつしかない。

「頼む、桃花……！　お願いだから……！」

正志は次の動画を見た。


桃花はベッドで四つん這いになっていた。

それを背後から見下ろすアングル。

やはり背中は薄くて細い。だからこそ胸の膨らみが腋からこぼれて見える。

『やっぱこのデカチチやっべえわあ』

五十嵐が身を屈《かが》めたのかカメラが寄った。ゴツゴツして大きな手が、横乳ペチペチと叩く。くすぐったそうに、桃花が身じろぎした。

『んぅ、うう……も、もう……！』

『もう、なんだよ。はっきり言えよ、なあ』

乱暴に言われて、桃花の背が軽くよじれた。

片手がベッドから離れ、メイド服のスカートをつかむ。たくしあげて剝き出しになった白い尻を左右に振った。骨盤ごと幅が狭く小さなお尻だが、薄いなりに肉の丸みは帯びている。子どものようなサイズなのに、大人の媚態だった。

『早く、入れてください……』

言わされただけのセリフではない。細腿に新たな汁跡が重ね塗りされていく。

桃花の要求に応えるように、画面の下から巨根が現れた。勢いよくしなって、ぴしゃり、ぴしゃり、と幼尻を打つ。

『あっ、んッ……！　やだ、やだぁ……！』

『もっとチ×ポに媚びろよ、おら』

『んあッ……！　ぶっといのください……！　強いち×ぽほしいです……！』

『そんなにデカチンと浮気したいのか、なあ！』

手のひらがひるがえり、小さな尻に大きな手形が刻まれた。

『ひっ、んんぅううッ……！　浮気、したいですッ……！』

その一言は彼女自身を昂らせる一方、正志の心を深く深くえぐり貫く。

『おまえさー、本当は彼氏にぜんぶ白状するつもりだったんじゃねえの？　俺に処女くれたこと告白して、フラれても許されてもケジメとして俺とは縁切るつもりだって偉そうに言ってたじゃん？』

　正志は桃花からなにも聞いていない。聞き出すつもりもなかった。彼女の愛情と誠意を信じて忘れるつもりだった、のに。

『でも、でも……！　やっぱり[redacted]の顔を見たら言えなくなって……！　嫌われたくなくて……！　[redacted]のこと、大好きだから……！』

『だから彼氏ともセックスしちまったんだよなぁ、このスケベ穴でさぁ』

　今度は平手が桃花の股を打った。ぴしゃ、ぴしゃ、と水たまりで飛び跳ねるような音が鳴る。尋常《じんじょう》な濡れ方ではない。刻一刻と愛液が垂れ流しになっていなければこまでの水音はならないだろう。

『どうせ彼氏のショボチンとセックスしてもつまんなかったろ？』

『そんなことないっ！』

　この動画ではじめて桃花は強気に反抗する。

　その気丈さが最後の希望のようにきらめいていた。

『[redacted]とのえっちは幸せで、優しい気持ちになって、ぎゅーって抱きしめたくなって……！　このひととずっといっしょにいたいって思ったもんっ』

すくなくとも――彼女との行為に嘘はなかった。

自分に向けられた優しい微笑みは真実だ。

「桃花は俺のこと愛してるんだ……！」

正志は前のめりで動画に見入った。すがりつくような気分だった。

ぷは、と五十嵐が笑う。

侮蔑をたっぷり含んだ冷笑だった。

『なんでいま俺のチ×ポほしがってんの？』

正志と画面の桃花は同時に息を呑んだ。

『それは……』

『言えよ、マゾガキ』

五十嵐が濡れそぼった秘処を叩けば、桃花の息遣いが激しく乱れる。

『うッ、んーッ、んぁあぁッ……！　だって、だってぇ……！　[redacted]とのえっちは気持ちいいけど、幸せだけど……！』

『だけど？』

ぐちゅ――と、亀頭が少女の秘裂に押し当てられた。閉じた裂け目が柔らかに開いて、はむはむと亀頭にキスをする。

下の唇と同期するように、上の唇も開閉した。

『体の気持ちよさだけだと……八十点、ぐらい……でした……』

『へー？　ほかに百点のセックス知ってるんだ？』

極太が前進を開始する。ネズミの口もさながらの小穴を押し開き、震える少女の内側を貫いていく。

ただ、入っていくだけ。それだけで桃花の背が浅く反る。亀頭が丸ごと納まるとあからさまに返った。

『あっ、あッ、あーッ……！　こ、これぇ……！』

『これ？　どれのことだ？　これがなに？　なあ、ハッキリ言えよ』

五十嵐が大きく腰を引き、ペニスが抜けた。

桃花は振り向き、肩越しにカメラを見つめてくる。苦痛に耐えるような涙目で、甘ったるく媚びた声を吐き出した。

『このデッカいおち×ぽとのセックスが、気持ちよすぎたのぉ！』

正志の心に残ったわずかな希望が、すべて打ち砕かれた。

『何点だ？』

『百点ッ！　はじめてのときから狂っちゃうぐらい気持ちいいデカチンっ！』

浅ましい猥語だった。正志は言われたことがない。

『へへっ、間男のチ×ポに媚びてんじゃねぇよメスガキ！』

嬉しそうな罵倒とともに、剛直が一息に桃花を貫いた。根元まで一気に突き刺さり、股と股がぶつかってパンッと鳴る。

『あはぁぁあッ……！　あっ、あッやばいッ、ヤバいヤバいッ、やだやだやだッ、やだぁああぁッ……！　あぁあああぁ――～ッ！』

桃花は枕に顔を埋めて全身を痙攣させていた。

「入れただけで、イッたのか」

もはや正志の声に生気《せいき》はない。目の前の絶望に抗えず、すべての気力が抜け落ちた。目を背けることもできず、ただただ強奪と敗北の証拠を見つめるばかりだ。

少女のオルガスムスが止まる前から五十嵐は動きだす。

ゆっくり長々《ながなが》と敏感な膣襞をかきむしるピストン。

『はっ！　あッ！　あぇえええぇッ……だめ、だめぇ……！』

『百点ち×ぽと八十点ち×ぽじゃそんなに違うのか？』

『ぜんぜん違うぅ……！　[redacted]のはこんな引っ張ったら抜けちゃうっ！　食いこむ感じも、無理やり広げられてる感じもッ、これエグすぎだよぉッ……！』

　サイズが違うだけで、そこまで感じ方が変わるのだろうか。正志にはわからない。ただ、竿が長ければそれだけ一往復の摩擦時間が長くなる。おなじテンポでピストンすれば快感の密度も違ってくるのだろう。

『でも、でもぉ……[redacted]の優しいおち×ちんも、好きぃ……！』

『へえ、優しいんだ？　こんな酷いことはしないんだ？』

　五十嵐は腰を引き、すこし力を溜めて、最奥に思いきり突きこんだ。

『おヘッ！』

　ひどく歪んだ声が桃花の口を突いて出る。

　彼の腰は押し出されたまま、円を描くようによじられた。

『あっ、あへっ、ぉおおおおッ……！』

　愛らしかった桃花の声が浅ましく揺らぐ。高音かと思えば喉が潰れそうな低音が混じり、また媚びた鼻音に戻る。船に揺られているかのように、安定しない発声で悶えつづけている。

『八十点クンはこんなふうに奥いじめてくれないんだろ？』

『と、届くもんっ、あへッ！　[redacted]のも奥、コツコツって突いて、んあッ、はぁああッ、はへぇぇぇぇッ……！』

『そりゃおまえチビだから普通程度のサイズあれば届くだろ。でも、こんなふうに、ゴリゴリ押し潰してくれるか？』

　正志は恋人の異様な喘ぎの意味に気づいた。

　子宮が思いきり押しあげられ、他の内臓にぶつかっているのではないか。連鎖的に肺まで圧迫され、正志との行為ではありえない悦声が出ているのでは？

「届くだけじゃ、ダメだったのか」

　内臓のことは思いつきであり真偽はわからない。

　わかることは、五十嵐の巨根で桃花は知らないメスに堕ちていることだ。

『ひぃいッ！　だめだめッ、やだッ、またイクッ、イクイクイクッ、イグぅううううううぅううぅッ！　んへぇぇぇぇぇぇぇぇッ！』

　またもたやすく絶頂に達してるのは、あくまで知らないメス。

　紫髪にメイド服の小柄な女の子。胸だけは大きい。後ろ姿だから、きっといつの間にかすり替わっていたのだ――と、正志はありえない空想に浸った。

『あーあ、八十点クンかわいそー。短小でもないし、見た目も悪くないし、一途に恋人のこと想ってるのに、よりにもよってこんな浮気ま×こが恋人だったせいで、男の尊厳《そんげん》ズタズタじゃん。謝れ、このヤリマンッ！』

五十嵐のギアが突如としてあがった。猛然と腰を振って桃花の小壺を徹底的に連打する。ハメてハメて犯しつくす。尻叩きまで追加。体格差から見れば暴力沙汰《ざた》である。苦痛を与えるための拷問じみていた。

が――桃花の苦悶する様には、彼女の内から生じるたしかな喜悦がある。

『ひんんッ！　あんッ、あーッ、あおッ、おんッ！　ごめんなさいッ、[redacted]ごめんなさいッ、浮気してごめんなさいッ！　ぁあああッ、こんな彼女でごめんなさいっ、ごめんなさいぃぃいッ！』

謝罪する声にすら艶があった。

自分を惨めな立場に置くことで彼女は昂る。性根がMなのだ。

「違う……こんなの桃花じゃない」

自分の愛した女性は、恋人との関係をダシにして快楽を貪る淫乱ではない。

だからやはり、これは別人だ。

拷問めいた抽送であっさり絶頂、また絶頂、くり返し絶頂。

獣以下のみっともない嬌声をあげ、たわわな乳房を揺らして悶える。

「桃花はセックスでこんなにイカない……こんな声は出さない」

現実から目を逸らす正志であったが、しかし。

ふいにカメラが正面を向いた。

壁に大きな鏡がはめこまれている。

四つん這いの少女を後ろから犯す男の姿が映っていた。

『そらよ、っと』

彼の手が少女の細首をつかみ、上体を無理やり起こさせる。

『えうッ、うぅうぅッ……！　この体位だめぇえ……！』

鏡に映った少女の顔はどう見ても桃花だった。

たがいに膝立ちで後ろから突かれると、よだれを垂らして感じ入る。

『はへっ、おヘッ、おぐッ、んぉおおおッ』

首をつかまれても気道は潰されていないらしく、淫声は止まらない。頸動脈を圧迫されているせいか、両目が濁って表情から理性が抜け落ちていく。

『この体位だとGスポから子宮までつづけて突きやすいんだよなー。おまえも好きだろ、この格好でパコパコされんの。彼氏はしなかっただろうけど』

『してないぃッ！　[redacted]は優しいセックスしかしないぃいッ！　女の子を狂わせ

るような意地悪セックスしてくれなかったのぉ！』
言葉のニュアンスがすこし変わった。
望む快楽を与えてくれなかった恋人への恨《うら》み言のようだった。
「俺が悪かったのかよ、桃花……」
ついに桃花は正志を貶めてまで五十嵐との行為を認めてしまった。
まだまだあどけない顔と体で、女慣れした男とのセックスに溺れている。
『正直に言えよ、彼氏とのセックスは何点だった？』
五十嵐はまた最奥で抜き差しを止め、子宮口を擦り潰しはじめた。
極上の快楽に脳がふやけた桃花は、最低限の体面すら投げ捨ててしまう。
『あへぇぇぇぇぇっ……！　よ、四十点、ぐらいぃ……！』
間男の半分未満。
それが正当な恋人である正志への採点だった。
涙がこぼれて画面がすこしぼやける。
『最悪の浮気ま×こだなぁ。おい穴ガキ、もっとエグい浮気するぞ』
赤子のようにぷにぷにした頰が握り潰された。
とろけきった童顔が上に向けられる。

真上で五十嵐がうつむく。

『やだぁ……キスだけは……』

口先だけの拒絶を五十嵐の唇が塞いだ。

ふたりはキスをしていた。

じゅぽぢゅぽ、ぐぢゅぐぢゅ、ぢゅるる、ぢゅぱぱ、と水音が荒れ狂う。

パンパンパンと腰振りが再開する。

『おぢゅっ、ぢゅるるるッ！　んおッ、おッへ！　やだっ、やらッ、やらやらっ、ぢゅぱぱッ、ぢゅるるるるるぅうッ！　んへぇえええッ！』

桃花は先ほどの拒絶が嘘のように、自分から五十嵐の舌をしゃぶっていた。

愛する男にするよりも濃厚なベーゼ。

「桃花……ももか……！」

身も心も堕ちていると言わんばかりの口づけに、正志は打ちのめされて。

痙攣する幼腰と、弾み狂う乳房から目を離せず。

高まりきった喘ぎ声から、逃れることもできなくて。

『イクイグッ！　ぢゅるぅうッ、れろれろッ、イッぢゃいますッ！　ごめんなさいっ、■■■■■ごめんなさいっ！　ちゅぱちゅぱッ、あんんんんッ！』

謝罪しながらも唇を吸い、みずから腰を突き出す。

タイミングぴったりに、五十嵐も全力で腰を突き出した。

『うッ……！』

『おへぇぇぇぇぇッ！』

聞きたくもない男のうめきと、歪みきっても愛らしい女の喘ぎ。

ふたりは同時にオルガスムスに達した。

痙攣する腰と腰を押しつけあい、ますます情熱的に舌を絡める。

鏡に映るふたりはまるで愛しあう恋人同士のようだった。

しかも――あろうことか。

ごぷり、と秘処から白濁汁が漏れ出した。

「まさか……ゴムなしで……？」

泡立った愛液だと思いたかった。けれど思い返せば、挿入時にコンドームをつけていなかったかもしれない。感情がめちゃくちゃになって留意できていなかった。

やがてふたりの痙攣が収まり、そこからキスとペッティングをじっくり楽しんでから、ようやく腰が離れた。

ぼとり、ぼとり、と、とびきり濃厚な白濁が塊でこぼれた。伸びる糸すらごわごわと固さが感じられる。泡立った愛液ではありえない粘性だ。

『四十点クンごめんねー、ちび巨乳彼女のピルま×こに生ハメ中出ししちゃいましたー。マジめちゃくちゃ気持ちいいからキミも使ってね～』

五十嵐はわざわざピースをして勝ち誇った。

『ピルま×こ使われちゃった……■■■■、ごめんなさい』

桃花は涙を流している。嘘くさかった。

口元にこびりついたキスの名残の唾液のほうが真に迫っている。

「裏切ったんだな……桃花」

正志の流す涙は本物だった。

そして同時に、股から流れる体液もあった。

触ってもいないのに、パンツの中で射精していた。

「はは……俺も最低だな」

もう笑うしかなかった。

第六章　さらば哀しき宇宙人

沢野正志の周囲の女性はみんな様変わりした。

ひときわ顕著《けんちょ》なのが桂優乃である。

メイクも服も徐々に派手になってはいたが、いまではギャルと言ってもいい。アクセサリをさまざまにつけ、制服の胸元は堂々と開いている。そんな状態なので、つるむ友人もギャル系の女子ばかりになっていた。

しかも教室で堂々とセフレの話をする。

「正直彼氏ほしいんだけどさー。セフレより上手いひとじゃないと絶対浮気しちゃうから無理なんだよねー。あのサイズのち×ぽマジレアだわ」

以前と違った口調であっけらかんと言う。反応する友人たちも似た口調だ。

「えー、うちそういうのマジ無理。彼氏以外とか考えらんないし」

「そう？　あたしは気になるかなぁ。紹介してよ、優乃」

「そのうちね。今日はダメだよ。妹と友だちで遊びにいくことになってるし」

その会話のせいで、正志は他の音が聞こえなくなった。

妹とは沙奈だろう。その友だちと言えば、やはり桃花ではないか。その三人が遊びにいくと言われて気にならないはずがない。

放課後、正志は教室から優乃を尾行《びこう》した。

駅に着くとふだんとは逆方向の電車に乗り、市内最大の繁華街で降りた。

優乃は駅前ロータリーの噴水前に小走りに向かう。待ちあわせ相手は当然ふたり。

どちらも見覚えがあるが、出で立ちがすこし違う。

沙奈は姉の縮小コピーじみたミニギャルだ。強いて言えば色白な優乃に対して日焼けした小麦色の肌が目立つ。

そしてもうひとり。

沙奈よりも小柄だが、胸の大きな女の子。身につけているのはピンクのブラウスに黒のミニスカート、白のフリルソックスに黒ローファー。

たしか地雷系と呼ばれるファッションだ。

「あんな服、持ってたか……？」

正志は駅の中からこっそりと様子を窺《うかが》っていた。

地雷系ファッションは彼女が着るタイプの服ではない。とくに生脚を見せるのが恥ずかしいから、いつも黒タイツを愛用していたのだ。

(あの動画のコスプレでは剝き出しにしてたけど……)

情事の際なら全裸を見せることもありえるのでタイツでなくても理解できる。が、いまは不特定多数に見られる駅前だ。

実際、彼女は深くうつむいて耳を赤くしている。

不思議なことに耳どころか髪にまで赤みが広がっているように見えた。

「髪……染めてる……？」

黒のショートボブの一部に赤いメッシュが入っている。

あの動画を見てから一週間ほど、理由をつけて桃花に会わないようにしていた。会えるはずがない。ようやく動く気になれたのが今日。そのタイミングで優乃が動いたので、図らずも彼女の現状を知ることとなった。

知らないうちに恋人が未知のファッションに染まっていた。

そして桂姉妹といっしょに遊ぼうとしている。

三人がその場から動かないのは、あきらかにだれかを待っているからだ。

「俺が体調崩したって言ってるあいだに、なにしてんだよ」

非難めいた言葉にいら立ちが混ざる。この場で駆け寄って、怒鳴り散らして問い詰めたい。いま、正志の行動原理になっているのは、憤怒である。虚無《きょむ》めいた絶望の淵から立ちあがるすべは、怒る以外になかった。

間もなくロータリーにシルバーのミニバンが停《と》まる。

優乃がふたりの手を引いてそちらに向かう。

ミニバンのドアが開かれて顔を出すのは、意外にも女だった。大学生ほどだろうか。薄手のカーディガンにロングスカートと落ち着いた服装をしている。

彼女に促されるまま優乃と沙奈はミニバンに乗る。

躊躇《ちゅうちょ》していた桃花も手を引かれて乗りこんだ。

ミニバンが走り去るとき、正志は運転席を凝視する。

金髪ベリーショートにサングラス、唇ピアスの知らない男だった。

その夜、自室から隣家を見ても桃花の部屋に明かりはつかなかった。

ＬＩＭＥでメッセージを送ってみる。

〈いまなにしてるの？〉

返事は一時間ほどしてから返ってきた。

〈沙奈ちゃんの家でお泊まりゲーム大会。バリカーで勝ち越してます〉

〈たくさん楽しんでね〉

〈すっごくエンジョイしてます！〉

彼女がなにをエンジョイしているのかは想像に難くない。

具体的になにをしているのかわかったのは数日後のことである。

情報源は例のごとく五十嵐の裏アカ。

〈ヤドくんとこのヤリチン同盟とコラボしました〉

今回は別の最低男の主導だったらしい。

ヤドくんとやらのアカウントを見てみると、最上段に情報があった。

ボカシ入りの画像サンプルに解説文つき。

〈ショーくんとコラボでヤリマン五人と１２Ｐパーティ！〉

タイトルの時点で頭に血が昇った。

一枚目の画像は女性五人が並んでピースしているもの。目元にボカシが入り、口にはマスクをつけている。

センターはＯＬふうの高身長女性。スタイルがとてもいい。

その左右に桃花と沙奈。

外側に優乃とミニバンにいた大学生。

彼女らの背後にはパンツ一丁とおぼしき男たちがひしめいている。

「……まさか、この人数で乱交を？」

ヤリマン呼ばわりも看過《かんか》できないが、それ以上に状況設定がありえない。桃花は人見知りが強く、他人の目が多いと縮こまってしまう習性なのだ。しかも男が七人。セックスどころか呼吸すらできなくなるのではないか。

二枚目以降のサンプル画像は当然のように乱交現場。

男たちが女たちをもみくちゃにしている。

並べられた女たちが男たちに貫かれている。

そして、男たちにまたがり腰を振る女たち。

人数が多すぎるせいか、二枚目以降に桃花の姿は映っていなかった。

「もしかしたら……」

ありえない話だが、桃花ひとり逃げ出せた可能性はないか。いくら浮気者であっても彼女に乱交は似合わない。

確かめる手段は当然ひとつ。

ヤリチン同盟なるふざけた集団の会員サイトに登録することだった。

十二人絡みの乱交動画は一本だけで、そのぶん尺が長い。プレイごとに分割する五十嵐とはコンセプトが違う。

再生開始。

ロケーションはどこかのマンションだろうか。

いきなりパンツ一丁の男たちが女性陣を囲んではしゃぎだす。くだらないセクハラトークを投げかけ、ひとりひとりに自己紹介させていく。

ＯＬふうの長身女性はやはり社会人だった。証券会社に勤めているとか。

大学生だと思った女性はフリーター。裏アカオフパコの常習者。

そして、優乃。

『イエーイ、ショーくんさんに開発されてヤリマンになった留年ＪＫでーす』

さりげなく嘘を織り交ぜて恥知らずな自己紹介をする。

つづいて沙奈。

『こないだ十八歳になってセックス解禁しましたー！　沙奈でーす』

こちらも嘘をつきながら、本名を平然と晒す。

そして最後に、桃花。縮こまっているが、はにかみ笑いで話しだす。

『あの、えと。モモコです。沙奈ちゃんの友だちです。ショーちゃん専用です』

彼女の背後に五十嵐が立っている。肩に手を置いているのは所有権をアピールするためか。彼の顎にも届かない少女の背丈に男たちが歓声をあげる。

『今日はわがヤリチン同盟はじまって以来の激ヤバ合法ＪＫ登場でーす！』

『いやマジロリロリじゃん。おっぱいでっかいけど』

『沙奈ちゃんは貧乳かな？　だいじょぶだいじょぶ、俺たちどっちも大好きだし』

知能指数の低い会話が矢継《やつ》ぎ早にくり返される。

桃花はますます縮こまっているが、想定よりは落ち着いていた。ときおり震える手を自分の肩にやる。五十嵐の手を握って拠り所にしているようだった。

「なんだそれ。なんでそんなやつを」

まるで恋人にすがるかのような行動に、正志は頭が噴火するかと思えた。

激怒に染まる思考の片隅に冷めた視点も残っている。どうしても疑問をぬぐうことができなかった。

（この動画がネットに晒されるってわかってるのか？）

彼女のリアクションには危機感が足りない。

そもそも五十嵐とのハメ撮り動画もネット公開はされている。だが桃花にはその情報を伏せているものと正志は思っていた。

ネット好きの桃花ならデジタルタトゥーの危険性は理解しているはず。いくら快楽に屈して恋人を裏切ろうと、自分の保身は考えてしかるべきだ。

しかし、もしそれが買いかぶりだとしたら。

快楽漬けで判断力が鈍り、ネット公開も最初から受け入れているのだとしたら。

「おまえ、そんなバカな女だったのか」

あるいは若すぎるからだろうか。考えてみれば中学二年生など小学校を卒業して二年程度。まだまだ子どもと言ってもいい。

『おっほ、ロリ巨乳やっべ。大人の巨乳とちょっと違うわー』

『あっ……あ、あの……んっ』

いつの間にか桃花の後ろにいるのが五十嵐でなくなっていた。他の男たちがふたりがかりで桃花の胸を揉みしだいている。

『ねえねえ、何センチ？　カップは？　ねえ、いくつ？』

『……えと、ええと、あ、あは、は、あんっ』

『やっぱクラスで一番デカいの？　乳首もでっかいんでしょ？』

『あっ、先っちょつまむのは、んっ、うぅ……！』

桃花の顔はトマトのように真っ赤だった。羞恥のあまり受け答えもあまりできない。かと言って嫌がることもできない。浮かぶ笑みは愛想笑いだ。男たちを怒らせないように必死で表面を取りつくろっている。

「やっぱり……無理だろ、桃花にこんな人数は」

ほほ笑みの引きつり具合から彼女の怯えが見て取れる。

やはり桃花は桃花なのだ。地雷系ファッションに身を包んで髪にメッシュを入れても、引っこみ思案で臆病な少女のままである。

「五十嵐はなにやってんだよ……！」

カメラが動く。桃花に自分専用と言わせた男は、ＯＬの胸を撫でまわしている。

『ヤドくんのセフレなんでしょ？　あいつのチ×ポすげえっしょ』

『うん、すっごく大きい……狂っちゃう、えへへ』

『ちなみに俺、太さはアイツより上。長さはあっちが上だけど』

『え、あれより太いの？　すごくない？』

『反りは負けてるかなぁ。カリは俺のが高いけど』

彼は桃花のことなどまるで意識していなかった。長身でスタイルのいい大人の美女に夢中の様子である。

男たちはみな思い思いの女をいじくりまわした。優乃も沙奈も餌食であるが、こちらは桃花より素直に状況を愉しんでいる。

「ああ、くそッ、桃花はどうなってんだよ……！」

正志にとって気になるのは桃花だけである。男たちどころか女性陣も邪魔だ。どれだけ美人でも知ったことではない。

それでもカメラは正志の思うように動いてくれない。

たまに映るたび、桃花への愛撫が激化していることを知る。胸を触っていたかと思えば、ふたりがかりでパンツ越しの股をいじりだす。

『あー、もう濡れ濡れおま×こちゃんだねぇ』

『やぁ……！　やだ、やだぁ……！』

『お、嫌がるとマ×コひくつくな。ドMちゃんかな？』

すぐにカメラが動いてべつの女を映す。もどかしくていら立たしい。

ときには他の女がメインの画面で、端っこに桃花が映ることもある。まるで脇役扱いのようなカメラアングルが正志にとっては屈辱的だった。

「俺の桃花を、なんだと思ってるんだ……！」

浮気されているとしても、桃花はまだ恋人である。

（俺のものなのに……！）

歯ぎしりをしすぎて歯茎にダメージが入ったのか、口内に血の味が広がった。

やがて男たちはそれぞれに淫具を手にした。

『ヤリチン同盟七つ道具登場〜！』

『いや十個以上あるじゃん』

くだらない寸劇でみなが笑う。桃花は付き合い丸出しの乾いた笑い。こんな空気で性的な行為をする神経が正志にはわからない。

玩具《おもちゃ》を使いだすと女性陣の嬌声が一気に高くなった。

桃花にあてがわれたのは胸にかぶせるカップと、股に被せる赤い玩具。

『そりゃーッ、必殺吸引トライアングル！』

馬鹿げたかけ声とともに男がスイッチを押す。

緊張に硬くなっていた桃花が、瞬発的に身を反らした。

『ひッ……！　やだッ、待っ、あぁぁあぁあッ、やだやだッ、無理ぃ……！』

『乳首、乳首、クリトリス！　はい！』

『乳首、乳首、クリトリス！』

男たちの合唱が二周した時点で桃花の股からしぶきが散った。

『あうぅ、やだぁあ……！　見ないで、やだっ、撮らないでぇ……！』

『ショーくんが言ってたとおりだわ、モモコちゃん雑魚すぎでしょ』

『もっぺん噴こうか？　はい、乳首、乳首、クリトリス！』

ふざけた合唱のなか、桃花がまた噴く。

いまにも爆《は》ぜそうな顔色で桃花は羞恥を重ねていく。その光景すら他の女性陣にカメラが向いて遠のいていく。その様にはもどかしさやいら立ちとも違う、言いようのない不快感があった。

「なんなんだよ……！」

玩具責めで女性陣が火照ってくると、男たちはついにパンツを脱いだ。正志は不快感の理由を突き止める間もなく衝撃を受ける。

モザイク越しとはいえ、七本のペニスはすべて正志よりも大きい。五十嵐とヤドくんなる金髪ベリーショートのふたりが2トップ。他もそれぞれ平均より格段に大きいものを屹立させていた。

『はーいどうぞ、チ×ポデリバリーでーす』

外向きに円陣を組んだ女性陣を屈強《くっきょう》なペニスが取り囲む。

『わぁ……すっご』

感嘆の声が次々にあがる。

桃花だけは顔を逸らして目を泳がせていた。視界の隅にチラチラと男根を捉え、ときおりゴクリとツバを飲む。どれだけ恥ずかしくても、正志とも五十嵐とも違うペニスに興味津々らしい。

「そんなの……本当のヤリマンじゃないかッ」

正志にできるのは鬱憤を言葉にして吐き捨てることだけだ。

動画の中で事態は刻々と進行していた。

女たちがフェラチオをし、男たちが持ちまわりのカメラで撮影する。

高身長ＯＬには五十嵐とヤドくんと他一名の三人がかり。優乃と沙奈は姉妹でペニス一本を分かちあう。女子大生は一対一で奮闘《ふんとう》。

そして桃花は二本のペニスに童顔をぺちぺち叩かれていた。

『やだ……やめて、やだ、やだ……！』

『あー、顔ちっちゃいからすぐカウパーまみれになっちゃうねぇ』

『しゃぶれよ、ほら。ちっちゃいお口で熱いち×ぽ味わいたいだろ？』

相手はどちらも社会人ほどの男だ。お子さま感の強い顔立ちを体液で汚す行為に背徳的な悦びを感じているのだろう。先走りの量がどんどん増えていく。

（桃花が……汚されていく……）

あまつさえ鼻の下にまで塗りこまれた。オスの臭気に吐き気がしそうだと正志は思ったが、桃花の反応は違う。

『んうぅ……！　すぅ、すーっ……ふぅ、くさい……』

眉間の皺がゆるみ、きつく閉ざされていたまぶたが薄く開く。表情がとろけ、ほんのり口が開いた。男の匂いが好きで好きでたまらないというリアクションだ。

左右から女性陣の激励まで飛んでくる。

『桃ちゃん、平気だって。フェラぐらいなんてことないから』

『おち×ぽ好きーって気持ちをこめてちゅぱちゅぱしてあげて、ね？』

『あ、あはは、どうかな……』

優しいほほ笑みで肩を叩かれると、桃花ははにかみ笑いを返した。もともと同調圧力に抗える性格ではないのだ。

桜の花びらのような薄くて赤い舌が出てきた。

たちまち亀頭が押し寄せ、舌が挟まれてしまう。

『えうっ……れる、れろ、れろぉ……ちゅっ、くちゅっ、ぺろッ』

恐るおそるの舌遣いがはじまった——その途端にカメラがスライドする。

「あくそッ、焦れったいなあ！」

正志は自分の太ももを殴って八つ当たりした。焦れったさと不快感に腹が重たくなる。胃痛になりかねないストレスを緩和《かんわ》する手段はひとつしかない。

勃起した逸物をしごくことだ。性的快感がストレスを中和してくれる。

自分がおかしくなってきている自覚はあったが、止められない。

カメラが桃花に戻ってきたとき、ストレスと快感が同時に跳ねあがった。

『んぱっ、ぢゅぱッ、ぢゅるるッ、ぢゅぱぢゅぱッ、ちゅるるぅッ』

桃花は一心不乱にペニスをなめ転がし、吸いあげていた。

なめるときは短い舌をすこしでも長くするため大口を開ける。

しゃぶるときは唇を強く締めつけて息を吸い、真空状態で頰を窪ませる。

「なんて顔してるんだッ……！」

それはもはや久野桃花の顔ではない。他の四人とおなじ男好きの淫乱の形相《ぎょうそう》だ。

初対面の男にフェラチオをする女が淫乱でないはずもない。

彼女は同調圧力に屈したのでなく、本性を露にしたのかもしれない。

『おー、上手上手！　モモコちゃんのお口気持ちーねえ』

『さっきまで恥ずかしがってたくせに、ほんとはチ×ポ大好きなんじゃゃん？』

男たちは桃花の頭と頰を平手で軽く叩く。不躾《ぶしつけ》で乱暴な態度に彼女の目は潤んだ。嫌がっているのではなく、悦んでいるように見えた。口舌の動きは止まらないし、左右の手でふたりのペニスをしごく動きも鋭い。

『あーイクイクッ！　本日一発目イッとこうか！』

『いえーい！』

男たちは運動会で檄《げき》を飛ばすようにテンションをあげた。

次々に射精がはじまる。

まず優乃と沙奈が精液を舌で受け止め、ふたりで分かちあった。

次に女子大生がくわえたまま出されたものを嚥下する。

その次が桃花だった。恍惚顔で大口に舌出し。左右からどぴゅどぴゅと肉汁を受け止めるが、収まりきらない。鼻筋や頰、目元に前髪まで汚されていく。

「しゅごい……ひっぱい……」

幸せそうに酔いしれた声を言い切る間もなく、カメラはＯＬに移った。

やはりメインは彼女らしく、比較的長尺で痴態を捉える。五十嵐が顔にぶちまけ、ヤドくんが口内に注ぐ。どちらも他より大量に出していた。

正志が求めるのはそんな情景ではない。カメラの端に見切れた桃花だ。よくは見えないが、精液で汚れた顔をペニスで叩かれている。被虐的な悦びに打ち震え、ごくり、と液を飲みこんでいる——そう思われた。

「うっ、桃花、クソッ、浮気女め、この、このッ……！」

正志も射精した。大量に出た。量が多いほど気持ちいい。快感がストレスを緩和してくれる。そしてストレスが大きいほど快感も大きくなる。

悔しい。腹立たしい。気持ちいい。

狂おしい感情のうねりに呑みこまれ、もはや抗えなかった。

男たちの性欲の捌《は》け口にされている桃花とおなじだ——そう思うと、心のどこかで安堵する自分もいた。

まるでその共通点こそが桃花との最後の絆だとでも言うように。

場面が変わった。

女性陣が壁に手を突き、後ろにお尻を突き出している。

スカートはまくれ、下着もなく秘処が丸出し。

男たちがひとりひとりその尻につかみかかるのだが。

『やだッ……！　それはほんとに、無理ぃ……！』

ひときわ低い位置にある桃花の尻が床にへたりこむ。フェラチオまでは乗り気でも、最後の一線だけは譲れないらしい。

「ああ、桃花……そうだよな、それはさすがに無理だよな」

またひとつ安堵の材料が増える。彼女も最低限の貞操《ていそう》観念は残していたのだ。

このまま彼女だけ退場かと思えた。

『悪い悪い、こいつ俺じゃないと無理みたいだわ』

五十嵐が大袈裟《おおげさ》に手刀《てがたな》を構えて頭を下げると、周囲が大笑いで肩を叩く。モテモジゃん、ラブラブじゃん、と。

「バカ言うな……おまえだってコイツらとおなじじゃないか」

恋人でもなく、愛情もなく、ただ性欲解消のためだけに女を利用するクズ。それが五十嵐照吾という男だ。

なのに。彼に肩を抱かれた桃花は、安堵に体を弛緩させていた。

『モモコは俺がハメるから。ゴメンな？』

『なんかズルいなー、桃ちゃんばっかり贔屓《ひいき》されて』

『モモコちゃんは恥ずかしがり屋さんだし仕方ないでしょ』

苦笑いをする桂姉妹に、桃花は申し訳なさそうに頭を下げる。

「なんだ、それ」

五十嵐を独り占《じ》めすることに罪悪感を覚えているのだろうか。

それだけ五十嵐に男としての価値があると認めているのか。

しかも彼に促されて立ちあがると、自分から壁に手をついて尻を振る。

『準備……できました』

『おっしゃー！　では今度こそ……パコパコタイム開始～！』

号令とともに男根が女陰を貫いた。一回射精しただけでは衰えることなき絶倫棒である。女を泣かせることに特化した快楽の権化《ごんげ》。

女性陣は即座に愉悦の声をほとばしらせていく。

もちろんそれは五十嵐に貫かれた桃花もおなじだ。

『あぁああッ、あーッ！　ぁあーッ！　太いッ、すごいッ、ヤバいぃいッ！』

『そんなに俺のチ×ポ好きなのか？』

『ううゥッ、やだっ、やだやだッ、やだぁ……！』

『はい出た、やだやだアヘり娘《こ》ちゃん。嫌がって犯されるのほんと好きだなぁ』

ふたりのセックスは互いに慣れ親しんで水魚《すいぎょ》の交わりのごとくだ。打てば響くように桃花が悶える。とても挿入できそうになかったサイズ差も関係ない。むしろ狭い穴をゴリゴリと押し開かれることにも彼女は快楽を得ていた。

カメラは例のごとく動きまわる。

他の女の痴態を映して、下品でくだらないトークも拾う。余っている男ふたりはカメラを担当したり、女たちの口を使ったりする。

そんなときも桃花は画面の隅っこで、五十嵐によがらされているのだ。

「ぐっ、ううぅ……桃花、桃花ぁ……!」

体位がたびたび変わり、騎乗位になったとき、正志は強く歯嚙みをした。

桃花は自分から腰をねっとり動かしている。

手前の女の喘ぎ声が邪魔だが、かすかに聞き慣れた甘い声が漏れ聞こえた。

『あんっ、あんッ、ああッ、ごめんなさい……! しょーちゃん以外の男のひとの精液飲んで、ごめんなさいッ……!』

謝罪しながら、身を屈める。ふたりの顔が重なろうというとき、カメラが動いてふたりの姿が消えた。

「なんで五十嵐に謝るんだよッ!」

それではまるで、五十嵐が恋人のようではないか。

セックスにおいて大切なのは自分でなく、あくまで五十嵐なのだとしたら。

寝取られた。

奪われてしまった。

わかっていたつもりだが、目を反らしたかった現実に正面から殴りつけられた。正志は狂ったようにペニスをしごいた。悔しくて、つらくて、気持ちがいい。

しかも動画の中で、ふたりのセックスは画面の隅っこにある。

「は、はは……俺の大切なもの奪っておいて、こんな扱いかよ……！」

正志にとっては発狂するほどの仕打ちも動画においては脇役にすぎない。この男たちにとっては彼氏持ちの女とのセックスなど遊び半分なのだろう。

お笑いまじりに消費するだけの、他愛ない女。

それが久野桃花だ。

(俺が世界で一番愛してる、ずっと好きだったたいせつな恋人……)

絶望のどん底で、海綿体が爆ぜんばかりに膨らむ。

奇《く》しくも動画のクライマックスと同期していた。

『みんなー！　ピルま×こ中出しの準備はOKかな～？』

『OK～！』

女性陣も快楽によがりながら声をあげる。バカになりきっていた。

最初の一発は高身長OL。ヤドくんが正常位で抱きつきながら射精。しっかり出して引き抜いたのち、精液が漏れ出すところをしっかり映し出す。

つづいて沙奈、優乃もおなじように漏れるところまで。

そして桃花。背面騎乗位から後ろに倒れ、下から思いきり突きあげられて身も世もなくよがり狂う。

『だめだめだめぇえッ！、ごめんなさいごめんなさいッ、ひんんんんッ！』

真下から押しあげられ、下腹にぼこりと亀頭の形が浮かぶ。

ふたりはいっしょに腰を震わせていた。

正志も射精していた。ティッシュの上に寂しく放つ。桃花を受け皿にコンドームもなく中出ししている五十嵐が妬ましい。きっと気持ちいいだろう。たまらない気分だろう。

（でも、こいつにとってそんなもの、駄菓子を食うみたいなものなんだ）

正志にしてみれば最上級のコース料理のメインディッシュだ。

五十嵐にしてみればいつでもつまんで食べられるものにすぎない。

やがて、逸物を抜いてもいないのに結合部から白濁がぶぴゅぶぴゅとあふれた。

『おー、ショーくんさすが射精量ナンバーワン！』

『モモコちゃんどう？　カメラの前で浮気中出し燃えた？』

カメラが寄ってくると、五十嵐が桃花の手首を握る。それだけで意図が伝わったのか、桃花は引きつった笑みでピースをした。

『すっごく興奮、しちゃった……まーくん、ごめんね』

名前を呼ぶとき音声が消えていない。雑な編集態勢なのだろう。

どこまでも適当だった。女を食い散らすことすらも。

次いで女子大生も中出しされたが、終わりではない。射精していない二人を交えて男たちが入れ替わり、場所や相手や体位を変えて次のプレイに勤《いそ》しむ。

貞操観念などそこにはない。

正志とは住む世界が違いすぎる。

「おまえは……そっちの世界を選んだのか……」

桃花は他よりすこしだけ貞操観念がしっかりしている。五十嵐が他の女に向かっても、自分は他の男に股を開かない。ただ、女性陣のサポートにまわる。胸を触ったり、キスをしたりと、快感を高める役割だ。

そして五十嵐が戻ってくると歓喜に狂う。彼に犯されながら、他の男にパイズリをすることもあった。

「ああ……もう完全に別世界だ」

正志は苦笑した。二回も射精してストレスも和らぎ、冷静になっていた。

とっくにわかっていたことを、ようやく受け入れる。

もう、おしまいなのだ。


翌日の夜。

正志は窓のカーテンを開くタイミングを計っていた。

最後に彼女と顔をあわせて話したい。

おなじ空間では無理だ。きっと耐えられない。

だから窓ごしにスマホで通話する。

「さよならだな、桃花」

気持ちだけの問題ではない。この家を出て物理的に離れるつもりだ。さいわい正志にはバイトで稼いだ貯金もある。働きつづければ独り暮らしも難しくはない。苦労はするだろうが、浮気者の隣で暮らすよりずっとマシだ。

わずかに開いたカーテンの隙間から向かいの家の様子を窺う。

およそ三十分後——桃花の部屋に明かりが点いた。彼女の部屋もカーテンが引かれているので室内の様子は見えない。

「さよならだ、桃花」

リハーサルをするように別れの言葉をくり返す。

スマホを手にする。喉がごくりと鳴った。息苦しくてシャツの第一ボタンを外す。

LIMEの通話ボタンをタップするまでの数分が何時間にも感じられた。

コール四回で彼女の声が聞こえた。

『はい……まーくん？』

すこし鼻にかかった高い声。可愛らしい。いとおしい。恋人でない男に身を委ねた浮気者の声とは思えない。

「桃花、いまいいか？」

『ん……ええと……うん、いいよ』

心なしか戸惑いがちな声だった。

「話さなきゃいけないことがあるんだ」

本当なら、カーテンを開けてこちらを見ろと言う予定だった。けれど、顔を見る勇気が出ない。彼女の可憐《かれん》な童顔を見たら決意が鈍るかもしれない。

（いや、これでいい。このままでいいんだ）

部屋の明かりでオレンジに染まったカーテンを眺めて、言葉を紡ぐ。

「桃花……俺に言わなきゃいけないことがあるんじゃないか」

『言わなきゃいけないことって……どういう……』

「言えよ」

責めるような声が出てしまった。

電話越しに息を呑む声が聞こえる。彼女は黙りこんだ。

「俺に言わせる気かよ」

沈黙は自分の過ちから逃げる態度に思えて腹立たしかった。

せめて最後ぐらい素直に白状してほしい。そう考えて正志も黙りこんだ。

なのに彼女はなにも言わない。ただ呼吸の音だけが聞こえる。

『ふぅ……ん……ぅ……ぁふ……』

心なしか、すこしずつ呼吸が速くなっていた。沈黙が続けば続くほどプレッシャーを感じるのだろう。

その様子に正志の心が反動的に萎えた。

(まだこいつ、中学生なんだよな)

義務教育のただ中にある彼女は、結局のところ子どもだ。

曲がりなりにも年長者である自分が言うべきなのだろう。それが男として最悪に惨めったらしい事実の告発だとしても。

「……桃花、おまえ浮気してるだろ」

『ぅ…………………！』

大きく息を呑んだかと思えば、激しく身じろぎをするような音が聞こえる。

堰を切ったように彼女は声を張りあげた。

『あ、あの、あの！　ま、まーくんっ……！　私、わたし……！』

「ぜんぶ知ってるよ。もうずっと前からアイツとセックスしまくってるって」

『それは、あの、あの……！』

桃花はなにかを言おうとしているが、まったく言葉にならない。

彼女自身そのことを自覚したらしく、大きく息を吐いて、ただ一言漏らした。

『ごめんなさ、い……ぅ、ぅぅ』

語尾に嗚咽がぶらさがっていた。

なにかの間違いという極小の可能性すら失われた。

「はは……いいよ、もう。俺じゃ満足できないんだろ」

「ち、違うの……！　んっ、ぅぅ、そうじゃなくて、本当にまーくんのことは大好きで……あぅう、まーくんは、私の、私の……んんッ！」

彼女の部屋のカーテンに人型の影が映った。

窓ごしに恋人の顔を見ようとしているのだろう。なのにカーテンを開く勇気がない。

相手の顔が自分の知らない表情に染まっているのが恐いのだ。

(俺だってそうだ)

もしカーテンを開いて出てくるのが、愛情の欠片《かけら》もない冷たい顔だったら。

考えるだに寒気が走る。

「俺も好きだったよ。桃花しかいないと思ってた。でも、おまえにとっては俺じゃなくていいんだってわかった。だから、もう、おしまいにしよう」

『や……だ！　やだ！　やだやだっ、まーくん、やだよぅ……！　んっ、うっぅ、やあっ、やあぁぁ……！　ごめんなさい、ゆるしてくださいっ』

すすり泣く声は寝床での嬌声に似ていた。乱れた息遣いも動画で五十嵐に抱かれているときのものを想起《そうき》させる。

なにより、くり返される謝罪の言葉が――。

『ごめんなさい……まーくん、んッ、ごめんなさい、ごめんなさいっ、あぁあぁッ、やだぁあ、こんなっ、どうしてぇ……んんんッ』

ぞくり、と寒気が走った。なにか違和感がある。

あらためて桃花の部屋のカーテンを見た。

彼女の影がもぞもぞと動いている。震えて、悶えて、いやいやと首を振る。

『あっ、あぁああ……なんで、なんでぇ……やだぁあッ』

鼻にかかった、甘い声。

拒絶するような、甘えるような、オスの本能をくすぐる響き。

——まさか。

正志は直感的に窓を開けた。身を乗り出して久野家の前の道路を見る。

久野家のものではないオープンカーが駐まっていた。

「桃花、おまえ……なにしてるんだよ」

『なにって、あの、あのっ……あっ！　やっ、だめッ、ダメダメッ、いまは、あうっ、んぅううッ……！　ごめんなさいッ、まーくん、まーくんんんッ……！』

桃花の嗚咽が小さくなっていく。スマホを遠ざけたような不自然さで。かわりに聞こえるのは彼女の声とは似ても似つかない低い笑い声だった。

『くへへっ』

脳に不快感が突き刺さる。

いままで見てきた動画で散々聞かされてきた外道《げどう》の笑い声だ。

ふたたび彼女の部屋の窓に目を向ければ、カーテンに人影が増えていた。もうひとりよりも明らかに大柄である。

小さな少女に後ろから抱きつき、胸を触っている。影で見てもわかるほど大きく手を動かしていた。

『んっ、あんッ、あぁあッ……！　やだっ、ああ、やだやだっ、スマホ、返してぇ……あひぃいいッ！』

声がまた近くなっていた。強く跳ねるような嬌声が響く。はあはあと熱病に罹《かか》ったような吐息が耳を撫でる。

小さくだが、パンパンと肉を打つ音まで聞こえた。

カーテンの人影はその音とリズムをあわせて小刻みに揺れている。

「桃花、おまえ……してるのか、自分の部屋で」

『して、ないぃ……！　してないっ、あっ、んんッ、だめッ、んんぅうッ！　いまダメっ、無理ぃ……！　ゆる、してぇ……！』

彼女の言葉は支離滅裂《しりめつれつ》だった。きっと男ふたりと同時に話しているからだろう。この数カ月ずっとそうだった。恋人と間男、移り気にふたりのあいだを行き来して、彼女は迷走していた。

その末路《まつろ》がこれだ。

『んあッ、あぁああぁッ……！　やだッ、早いッ、奥やだッ、奥っ、おくっ、おへッ、んうぅうッ、はへぇええええッ……！』

桃花の声が限界まで歪み、カーテンの人影がひときわ大きく弾む。

停止した。

ぴくん、ぴくん、と小さく痙攣する。

「おい……」

正志の声は届かない。

ただ、水音が聞こえた。

ぴちゅ、くちゅ、ちゅぱ、ちゅぱ、と、耳元で奏でられる。

『はっ、んちゅっ、れるぅ……らめっ、やらぁ……あんッ、はちゅっ』

桃花の声は腐り落ちんばかりにとろけきっていた。

人影の顔と顔が重なっている。おそらくは口と口、舌と舌も重なっている。

ぷつりと通話が途切れた。

正志はひとりきりの部屋に取り残された。

「嘘だろ……」

現実だと思えない。いや、思いたくない。

最後の瞬間ぐらいはふたりきりで話しあいたかった。

すべてを打ち明けあって、傷心《しょうしん》に溺れて別れを告げたかったというのに。

「なんで最後の最後まで追い撃ちしてくるんだよ……！」

壁を殴った。拳の痛みがむしろ心地よい。

スマホが鳴った。ＬＩＭＥの通知音。

涙ににじんだ視界でスマホ画面を確認する。桃花から画像が送られてきていた。

肌色の中心に白いものが垂れていた。

無毛の股にぽっかり開いたピンク色の幼穴から、精液が漏れ出している。

〈初お部屋えっち記念の中出しです。お納めください〉

意識がくらんだ。

恋人との通話中に避妊もせずにセックスしたというのか。それともピルの効果を見込んでのことか。どちらにしろ恋人の最後の願いを踏みにじる行為であることに違いはない。吐き気がするほど邪悪な裏切りだ。

けれど、画像の送信もメッセージも桃花の仕業《しわざ》ではない。彼女の心情はすでに正志の理解を超えているが、なお断言できることがあった。

「五十嵐……！」

彼が桃花のスマホを奪ってしたことだろう。

死体に鞭打《むち》つように負け犬を貶めて楽しんでいるのだろう。

「おまえはそんなクズが本当にいいのかよ、桃花……！」

屈辱のあまり湿っぽい悲しみが怒りに塗りつぶされていく。なのに怒りのやり場はなかった。隣の家に駆けこんで五十嵐を殴りつけたい気持ちもある、けれど。

（いまあの家に入ったら……）

きっと桃花と五十嵐の情事を目撃することになる。画像でも動画でもなく直接その現場を見たとき、耐えられる気がしない。

できるのは壁を殴ることだけだった。

拳の皮が剝けて血がにじんだころ、スマホがまた通知音を鳴らす。

桃花からビデオ通話の承認要請。

——つなぐべきじゃない。

理性が警告する。映像つきの通話など絶望しか待っていないとわかりきっている。

いっそのこと桃花をブロックして二度と関わるべきではない。

（それでも……俺はまだ、桃花と別れていない）

正式に別れを告げるまでは恋人だ。

だから——正志は怒りに震える指で通話を承認した。

スマホに映し出されるのは桃花でなく、五十嵐のにやけ面《づら》である。

『お、きたきた。沢野くん、ひさしぶりー。なんかごめんな？　つい彼女パコっちゃって。いや嘘だなこれ。パコる気満々で落としにかかったわ』

「おまえ……なんでこんなことするんだよ！」

『俺、性欲つえーからさあ。いい穴見つけたらハメたくなっちゃうわけよ。小学生みてーな顔と体でおっぱいだけ大人顔負けの爆乳とか超ウケるじゃん？』

「ウケるって……そんな、悪ふざけみたいな……！」

『いやでも実際ハメてみたら具合もいいしよがり方もかわいーし、ちっこいから簡単に転がせていろんな体位試《ため》せるし、正直ハマってるわ。ありがとな！』

五十嵐はまったく悪びれない。面の皮が厚いなんてものではない。友だちの自転車を勝手に乗りまわした程度の罪悪感しか伝わってこなかった。

正志は怒りのあまり声も出せない。

(俺の宝物を面白半分で奪って、なにもかもぶち壊しやがった……！)

その後もなにかを言っているが、耳を通り抜けていく。日本語なのになにを言っているか理解できない。まるで宇宙人が話しているようだった。

宇宙語に混ざって苦しげなうめき声が聞こえる。

『んんぅうーッ！　んーっ！』

くぐもってはいるが、桃花の声で間違いない。

『あ、沢野くんこれやってる？　こいつバックめちゃくちゃ弱いぞ？』

スマホカメラが傾く。桃花のうめき声が高くなった。

白くて細い背中が映る。桃花はベッドに四つん這いだった。

尻側から秘裂を貫くのは黒ずんだ極太の逸物。

あらためて見ると信じられないほど太い。

「く、うぅ……！」

正志は圧倒された。男としての格の違いを見せつけられている。しかもコンドームらしきものが見当たらないのだ。

『こいつマジで生ハメすると即アヘすんだぞ？　そらそらッ』

五十嵐は力強く腰を前後させた。引っ張られた幼膣が盛りあがり、また押しこまれ、また盛りあがり、押しこまれる。穴と竿でサイズ差がありすぎて痛ましいうえに、桃花の声も悲鳴じみていた。

『んんぃぃいいいッ……！』

彼女は枕に顔を突《つ》っ伏して声を押し殺していた。浮気行為での喘ぎ声を恋人に聞かせない程度の理性は残っていたらしい。

だが——問題は他にもある。

彼女はほぼ全裸に近い。身につけているのは白い紐《ひも》のようなものだけ。正面から見れば胸と股を最低限隠しているのだろう。いわゆるマイクロビキニだ。

「なんて格好させてんだよ……」

『わりとノリノリだったぞ？　こいつ恥ずかしかったり嫌がってるときのほうが濡れ方エグいしな。いまも穴うねりすぎで超気持ちぃーし』

『んーッ！　んんぅッ、んぁあああッ……！』

桃花が異を唱えるようになるたび、五十嵐は腰を振って黙らせる。どう動けば彼女を快楽で溶かせるのか知りつくしていた。

パンパン、パンパン、と後ろから突く。

『んぇえッ、えおッ！　おぉおおッ……おンッ！』

ひどく凌辱的な交わりだった。体格差が大きすぎる。

正志が交わるときはいつも彼女を壊さないよう慎重に動いていた。

だが五十嵐はまるで違う。むしろ乱暴に扱うことで女を悦ばせるのだ。

『せっかくだし沢野くんにも見せてやれよ』

『やっ、らぁああッ……！』

五十嵐はあろうことか桃花の髪をつかんで引っ張った。それで彼女の体は素直に起きあがっていく。苦痛のなかにも甘い声を交えながら。

彼女が膝立ちになったところで、スマホが前面にまわりこむ。

白の紐水着に最低限しか覆われていない裸身がしっかりと映し出された。後ろから突かれるたびに、大人顔向けの乳房が暴れまわる。水着の紐が浮いたり、逆に乳房に食いこむなどして、肉付きの豊かさを多面的に見せていた。

(俺が自分でするときは、こんなの見る余裕なかった)

まるではじめて見る裸のように思えた。

自分とセックスしているときより、ずっと艶めいていた。

肌の赤らみや流れる汗まで何倍も色っぽい。

『ほら中イキしろッ！　浮気で中イキする雑魚ま×こだって教えてやれッ！』

『やだやだッ、やだぁああッ！　イッちゃう、イッちゃうぅうーッ！』

桃花は絶頂の胴震いをきたした。柔乳が幼げな胴体から千切れ飛ばんばかりに弾む。

両腕で顔を隠すのが彼女なりのせめてもの抵抗だったのかもしれない。

だが五十嵐はそれで終わるような男ではなかった。

『こいつイッてる最中に突くとおもろいよね』

桃花をふたたびベッドに倒し、手に持っていたスマホを背後の棚に設置する。手ぶれがなくなった画面の中心に、ふたりの結合部があった。

『ひッ、ひッ、無理っ、むりぃいいッ！　イッてるッ、イッてるのにぃいッ』

『知ってた？　こいつ寝バックが一番イキやすいんだよ』

知らない。したこともない。

うつぶせに突っ伏した彼女の上から、叩きつけるようにピストン。

オルガスムスの最中で桃花の脚は痙攣しっぱなし。

極太に拡張《かくちょう》された膣からは白濁液が流れ出る。精液なのか泡立った愛液なのかもわからない。ただ、正志とのセックスよりずっと気持ちよさそうなのは確かだ。

『見ないでッ、まーくん見ないでっ、通話切ってぇッ……！』

『もう手遅れだって。せっかくだしアレ聞かせてやろうぜ、こないだの朝までイキ地獄やったときのやつ』

『ひっ……！　いやッ、いやいやいやっ、いやあぁッ！　通話切って、まーくんお願いですッ！　聞かないでください！　聞かないでくださいぃいッ！』

絶頂のなかで叫び狂う少女に、極太が思いきり深く突き立てられる。ぐりんぐりんと腰をよじって最奥を擦り潰す。

『おおおッ、だめぇぇぇぇッ……！　奥潰すの狂うぅうッ！』

『うっせぇマゾガキはチ×ポで黙らせるにかぎるわぁ。それじゃ、ええと……音だけになるけどカンベンな？』

五十嵐はもうひとつのスマホを操作した。おそらく彼自身のものだろう。

やがて流れ出したのは、録音された桃花の声だった。しかもいま現在とおなじように喘ぎ狂う声である。

『いやぁああッ……！　まーくんとは別れないッ、ずっと恋人がいぃぃ……！』

『いやいや、本気で別れなくていいからさ。俺も彼氏持ちの女に浮気させるほうが好きだからさ。でも試しに、口だけでいいから言ってみろよ』

『やだっ、絶対いやッ……！　ひっ、いや、なのにぃ……！　奥ぐりぐりズルいッ、それダメになるっ、やだやだッ、言わせないでぇ……！』

『いいから言えよ、まーくんと別れるって！　どうせ見られてるわけじゃないんだし、ぶっといち×ぽほしいから別れますって言えッ、おらおらッ！』

声だけでもどんなプレイをしていたかは想像に難くない。

その結果がどうなるかも容易に想像できた。

『わか、れるぅ……！』

積み重なる快楽に判断力を溶かされて、桃花は裏切りの言葉を口にした。

『なんで別れるんだよ？　大好きな恋人なんだろ？　なあッ！』

『おひぃいいッ！　これっ、このち×ぽッ！　ぶっとくてでっかくて、奥ゴリゴリ潰してくる強いち×ぽっ！　このち×ぽほしいから、別れますぅうッ！』

それはいまこの瞬間の言葉ではない。本気の決別でもない。

けれど、彼女はたしかに裏切った。自分の中の愛情を。正志に対する想いを。

過去の彼女と現在の彼女は、同時に膣奥をえぐられ吠え狂った。

『おへぇえええええええええええええ――〜〜ッ』

ひどく歪んで、獣並の理性も残っていない、惨めったらしい嬌声。

正志とのセックスでは一度もあげたことのない声。

さらに五十嵐は上機嫌に体位を変える。まずは桃花を引き起こして背面騎乗位。彼女はいやいやと言いながら、自分で小尻を振っていた。

前後に転回させて対面座位。五十嵐の体で桃花はほとんど見えない。たくましい背に絡みつく細い手足と、くちゅくちゅとディープキスする音だけが聞こえた。

また桃花を倒して、正常位。足首をつかみ、思いきり左右に広げて猛然と突く。前後動が乱暴であればあるほど桃花の声が高くなる。

『あへっ！　んへッ！　おんッ！　おんッ！　おぉおおッ！』

淫らな声はいまだに二重。過去動画の音声が止まらない。もはや正志にはどちらが過去の声で現在の声なのかもわからなかった。

『まーくんと別れるぅッ！　ち×ぽが弱いまーくんなんてもういらないッ！』

『違っ、嘘ですッ、違いますッ！　あぁあッ、やだやだッ、ダメッ、いまはやめてッ……！　いま気持ちよくなるのはやだぁああッ！』

『毎日セックスしてぇ……ッ！　ぶっといち×ぽの感覚、おま×こに刻んでッ！　抜いてもずっと消えなくなるぐらいパコパコしてぇえッ！』

『ごめんなさいっ、まーくんごめんなさいッ！　んんッ、本気じゃないのッ！　ただ、ただ、私、わたしぃい、あぇえええッ！』

それはまるで、正志には理解できない宇宙語のようで。

巨根をねじこまれる白い股は、地球上のものと思えないほど艶めかしくて。

正志は放心して、ただスマホを見るだけだ。

『やっぱ予想どおりだなぁ。彼氏に謝ってるときのマゾ穴、マジでのたうちまわってる感じ？　気持ちよすぎでガマンできねーわ、また出すぞ』

『出してっ、熱くて濃いのいっぱいくださいぃぃいッ！　まーくん捨ててしょーちゃん専用の精液便器になるからッ！　ま×こいつでも使ってぇ！　毎日ほしいよぅ、しょーちゃんのザーメンッ……！』

『いやいやいやぁああッ……！　ごめんなさいっ、ごめんなさいぃぃいッ！』

五十嵐が桃花に覆いかぶさる。桃花の手足は、まるで条件反射のように彼の体に絡みつく。熊が子猫を食い散らかすような暴力的体格差だというのに——彼女からぎゅうっと抱きついて、二度と離れないようにホールドしていた。

ぢゅるぢゅる、ぢゅぱぢゅぱ、と、とびきり濃厚なキスの音が聞こえた。

『しょーちゃん、愛してるぅううううッ！』

どくり、と五十嵐の尻がわなないた。陰嚢がぐっと持ちあがり、結合部にまで痙攣が伝わる。ペニスの形に拡張された膣もまた、痙攣で男根を包みこむ。

はた目にもとびきり気持ちよさそうに、ふたりは同期して法悦に達した。

愛しあう恋人同士のように息ぴったりのタイミングだった。

『あちゅっ、ちゅくっ、ぢゅるぅぅううッ……んっ、あぉおお……！』

『あへっ、えへっ、えへへぇ……しょーちゃんのセックス最高ぉ……』

ふたりの痙攣が止まらない。

永遠と思えるほど長々と快感を貪っている。

とくに五十嵐はイキながら腰を振って、さらなる射精を促進《そくしん》していた。ちょうど子宮口を押し潰す動きでもあるので、桃花ももちろんよがりだす。

『あへぇええぇッ……！　おっ、おぉおッ、まーくん、ごめんなさいぃいっ』

正志はその謝罪になんの重みも感じられなかった。彼女にとってはそれすら快楽のスパイスだとわかってしまったから。

『いやほんとーにゴメンな？　かわいい彼女ゴチでした！』

五十嵐が腰をあげて逸物が抜けると、怒濤《どとう》の勢いで精液が逆流した。

かつては綺麗な一本スジだった秘裂がくぱくぱと開閉し、びゅぽ、びゅぽっ、と下品な音まで鳴らしてベッドに白濁のシャワーを浴びせかける。

なんて汚らしい股だろう。

目の前のスマホに映っている下品な女は、もはや恋人などではない。

「おまえら、宇宙人だよ」

正志はその言葉を最後の別れとした。

通話を切る直前、桃花の最後の声が聞こえてくる。たぶん過去の音声ではない。

『まーくん……』

かつて聞いたことのない声だった。

まるでガラス人形が壊れる瞬間の破砕《はさい》音のように生気がない。

「知るもんか」

通話を切って最初にしたことは、ＬＩＭＥで桃花をブロックすること。

次に、射精して汚してしまったパンツを着替えること。

まるで自分も宇宙人のようだと思った。

正志は翌日、親を説《と》き伏せて不動産屋との契約の保証人になってもらった。

引っ越しは月末。

手狭《てぜま》なアパートでの一人暮らしは高校卒業までつづいた。

大学も就職先の旅行代理店も故郷から遠く離れた場所を選んだ。

あれ以来、桃花とは一度も顔をあわせていない。

就職から数年後、ふいに会いに来たのは彼女でなく沙奈だ。

喫茶店で待ちあわせをし、苦いコーヒーを飲みながら話を聞いた。

「五十嵐さんはあれから数年後に、未成年に手を出してるのがバレて警察に捕まりました。親がいい弁護士を雇《やと》ったみたいで刑期は半年ぐらいだったけど……」

そう言う沙奈の顔は冷淡《れいたん》だった。

「当時のセフレはほとんどそれで距離置いちゃって……お姉ちゃんはなに食わぬ顔で普通の彼氏を作るようになりました。私はいまフリー」

五十嵐との関係は一過性のものでしかなかった。体の快楽など、その程度のものでしかない。ただ、沙奈はすこしばかり露出が高く男遊びをしていそうな格好をしていた。一過性の関係で刻みこまれた性癖のためだろう。

「沢野さんはいま、彼女とかいますか？」

「このあいだ別れた」

桃花と別れてから二回ほど恋人ができた。

一人目は大学生のころ。初セックスのとき嘔吐《おうと》してフラれた。

二人目は社会人になってから。辛抱《しんぼう》強く付き合ってくれたが、正志がどうしても勃起しないことに傷つき、泣きながら別れを告げてきた。

もう恋人を作る気はない。

「それで、桃ちゃんですけど……」

「その話はいい」

正志の表情を見た沙奈は怯えた様子で黙りこむ。ただ、メモ帳を一枚破って渡してきた。書かれているのは、TWEETERアカウント。

彼女と別れてから家に帰り、試しにアカウントを見てみた。

MOMOという名の裏アカ女子だった。

ネットで知りあった男と会ってセックスをし、画像や動画をアップする。好色で奔《ほん》放《ぽう》な女だった。胸が大きく色っぽいが、背丈はひどく低い。顔もメイクで派手に彩《いろど》ってはいるが、造りそのものはあどけなく見えた。

プロフィール欄《らん》にはこう書かれていた。

〈デカチンとだけセックスする宇宙人。恋愛はしません〉

彼女の呟きを見るかぎり、人生で一度しか恋愛をしなかったらしい。今後する気もない。まるで心だけは初恋の男に捧げているかのように。

「いまさらそんなこと、好きにすればいいのに」

正志はPCの古いフォルダを開いた。高校のころ保存した動画がいくつも収められている。いまでも正志が勃起できる唯一のものだ。

あの日の悪夢を思い出せば吐き気と興奮が募ってくる。

苦痛まじりのときめきが心を焦がす。

「なんで裏切ったんだよ、桃花」

正志は久方ぶりに動画を見て、泣きながらオナニーをした。

◉新人作品**大募集**◉

マドンナメイト編集部では、意欲あふれる新人作品を常時募集しております。採用された作品は、本人通知のうえ当文庫より出版されることになります。

【応募要項】未発表作品に限る。四〇〇字詰原稿用紙換算で三〇〇枚以上四〇〇枚以内。必ず梗概をお書き添えのうえ、名前・住所・電話番号を明記してお送り下さい。なお、採否にかかわらず原稿は返却いたしません。また、電話でのお問い合せはご遠慮下さい。

【送付先】〒一〇一-八四〇五　東京都千代田区神田三崎町二-一八-一一　マドンナ社編集部　新人作品募集係

寝取《ねと》られ巨乳《きょにゅう》処女《しょじょ》　淫虐《いんぎゃく》のナマ《なま》配信《はいしん》

二〇二三年　五月　十日　初版発行

発行◉マドンナ社

発売◉二見書房　東京都千代田区神田三崎町二-一八-一一

電話　〇三-三五一五-二三一一（代表）

郵便振替　〇〇一七〇-四-二六三九

著者◉葉原　鉄【はばら・てつ】

印刷◉株式会社堀内印刷所　製本◉株式会社村上製本所　落丁・乱丁本はお取替えいたします。定価は、カバーに表示してあります。

ISBN978-4-576-23043-6 ◉Printed in Japan ◉©T.habara 2023